Andreas Iten · Maria schrieb einen Brief

1. Auflage 2023
BUCHER Verlag
Hohenems – Vaduz – München – Zürich
www.bucherverlag.com

Redaktion: Lukas Christensen
Gestaltung: Gorana Guiboud-Ribaud
Produktion: Jelgavas Tipogrāfija, Lettland
ISBN 978-3-99018-690-9

Andreas Iten

Maria schrieb einen Brief

Roman

BUCHER

Wer schreibt, dem wird geschrieben. Paul Winther hatte eine Kolumne über die Gleichgewichtslage der Gesellschaft geschrieben und dies am Beispiel von Bäumen veranschaulicht:

Mit Staunen und Wohlgefallen betrachte ich hochstämmige Obstbäume, aber auch eine Linde, die den Hügel krönt. Kräftige Eichen und Ahorne, bei denen vom Stamm drei Äste auseinanderstreben und die ein grosses Buschwerk tragen, sind wahre Individualisten. Sie widerstehen jedem Wind und Wetter. Sie erinnern an kräftige Figuren, die dem Leben ausgesetzt sind. Was der Baum den Menschen lehrt, ist der Wille, stets das Gleichgewicht zu halten. Bricht ein Ast ab und droht er es zu verlieren, verstärkt er mit einem Gegengewicht seine Äste, die es langsam wieder herstellen. Er mahnt den Menschen, Einseitigkeiten zu vermeiden und lehrt ihn durch Zähigkeit, die Schieflagen auszutarieren.

Die Linde, die auf einem schöngeformten Moränenhügel steht, verdient das Lob eines Ästheten. Sie kann ein Vorbild sein. Wächst sie unbeschadet auf, bildet sie die Form ihrer Blätter nach. Sie sind herzförmig. Ist das Herz nicht jenes Organ, dass im Menschen stets für das Gleichgewicht sorgt? Schon der Klang des Wortes weckt Bilder, Träume und Düfte. Alles an der Linde ist weich und strömt Gesang aus. Sie inspirierte Franz Schubert zum wundersamen Lied *Am Brunnen vor dem Tore*. Wer summt es nicht manchmal, wenn Stimmung dafür herrscht.

Die Linde erzählt von einem Leben im Gleichgewicht, das Wind und Wetter widersteht. Gute Politik oder die Führung eines Unternehmens sind bestrebt, die stets fragile Gleichgewichtslage in Gesellschaft und Betrieb zu erhalten oder, wo sie in Schieflage gerät, sie wieder herzustellen. Gelingt dies, bleiben Staat und Betrieb stark und kräftig. pw

Die Kolumne gefiel offenbar. Eine Person mit M. J. schickte Winther eine Karte. Auf dem Hügel stand eine Linde:

Sehr geehrter Herr Winther,
herzlichen Dank für den schönen Text.

Nur M und J konnte Winther entziffern. War es eine Frau, handelte es sich um einen Mann, die oder der die Karte geschickt hatte? Er legte sie neben den Computer, auf dem er seine Texte schrieb.

Paul Winther war Personalchef einer mittleren Unternehmung der Metallbranche. Er redigierte das Personalblatt, das jährlich zweimal erschien. Darin veröffentlichte er Interviews mit Mitarbeiterinnen und Mitarbeitern. Die Abteilungsleiter des Unternehmens äusserten sich zu strategischen Überlegungen der Firma. Der *Weinländer Bote* engagierte ihn in den letzten Jahren seiner Berufstätigkeit als Gastkolumnisten. Er hatte als junger Student schon beim *Boten* Berichte geschrieben. Seine Texte fielen durch ihre Spritzigkeit und Originalität auf. Er behielt seinen Stil bei, obwohl ihm der Chefredaktor empfahl, die Berichte einfach und sachlich zu schreiben. Das Blatt war in der Zwischenzeit vom *Schaffhauser Volksblatt* aufgeschluckt worden. Der CEO der Firma erlaubte Winther auf Anfrage, gegen Ende seiner Tätigkeit Kolumnen schreiben zu dürfen, allerdings unter dem Zeichen «pw». Wer die Personalzeitung las, wusste wer pw ist.

Nun stand Paul Winther vor seiner Pension. Der Chefredaktor lud ihn ein, auch in der täglichen Glosse «Geflügeltes» kurze Beiträge zu publizieren. Hatte er einen guten Einfall, schrieb er einen Text, der sich von der Kolumne nicht nur durch die Kürze, sondern auch durch Ironie und Witz unterschied. Ihm fielen Sätze ein wie: «Mache dich selbst zum Narren, dann machen dich die anderen nicht.» Er glossierte etwa einen Politiker, der in seinen Reden häufig die Wendung missbrauchte: «Das schleckt keine Geiss weg», und fragte etwas spitz, wer jetzt da die Geiss sei. In einer Glosse machte er deutlich, dass Ironie selten verstanden werde, weil der Schweizer Leser alles im Indikativ verstehe, was im Konjunktiv stehe. Er aber, Paul, benütze gerne den schöpferischen Konjunktiv. Politiker würden ihn meisterhaft beherrschen, weil er im Unterschied zum Indikativ offenlasse, was sie meinten.

Als sich zwei Politiker einmal stritten, notierte er, es gebe unter den Würmern Horizontalbohrer und Vertikalbohrer. Die einen würden die Oberfläche bearbeiten und die anderen die Tiefe, und weil dies so sei, kämen sie sich nicht in die Quere, denn beide würden Humus erzeugen. Leider hätten sie den Kompromiss in ihren Gedanken schon eingeplant, bevor sie gefragt werden. Darin äussere sich die helvetische Bravheit.

Paul Winther hatte Soziologie, Germanistik und Psychologie studiert. Er belegte oft eine Vorlesung für Philosophie. Über Schopenhauer lehrte ein Gastdozent, den er sehr anregend fand. Schon während seines Studiums bewarb er sich als freier Mitarbeiter beim *Weinländerboten*. Obwohl ihm die Schnupperlehre Spass machte, übte er den Beruf eines Journalisten nach Abschluss seines Studiums nur einige Jahre aus und bildete sich nebenberuflich weiter. Er wünschte Personalchef einer grösseren Firma zu werden, was ihm nach einigen Jahren gelang.

Nun stand er nach einem reichen Leben vor der Pensionierung und überlegte sich, was er tun solle. Er entschied sich, das zu tun, was er freiwillig schon immer getan hatte. Er schrieb vermehrt für das *Schaffhauser Volksblatt* Texte und war bereit, als selbstständig erwerbender Berater Personalprobleme bei Firmen zu lösen.

Was ist Glück?

Gestern bei einer angenehmen Zugfahrt nahm mich die Frage gefangen, was Glück sei? Es muss sich um eine Erfahrung handeln, bei der der Mensch erkennt, dass sein Handeln mit dem übereinstimmt, worauf er angelegt ist. Das ist keine konkrete Antwort auf die Frage. Sie öffnet aber das grosse Feld des Nachdenkens über das Lebensglück. Alle Menschen verlangen nach Glück, das ist gewiss. Glück muss damit zusammenhängen, dass Talente und Begabungen gelebt werden können. Immer taucht die Frage auf: Wer und wie möchte ich denn sein? Habe ich in mir Wünsche, die im Grunde unerfüllt geblieben sind? Gehört zum Glück der Glaube an ein höheres Wesen oder an das Höhere in mir?

Das Glück ist ein Wort, das auf Uneinholbarkeit hinweist. Es kann wie Freiheit und Spiel, Liebe und Lust nicht endgültig auf den Zähler seines Nenners gebracht werden. Es bleibt ein Bruchstück im langen Leben. Schon dem Kind ist das Streben nach Glücklichsein in die Wiege gelegt. Der Säugling ist glücklich, wenn er die Brust der Mutter bekommt und an ihr ausruhen kann. Die Zufriedenheit ist die Voraussetzung, dass den Menschen hie und da das Glück erreicht. Sie ist also wie der Vorhof des Glücks und es kann in guten Momenten zur Vermählung mit der Zufriedenheit kommen. Sie ist ein Geschehen, das sich nicht planen lässt, was besagt, dass Glück nicht erzwungen werden kann. pw

Der Chefredaktor rügte Paul beim Gegenlesen, Wendungen gebraucht zu haben, die viele Leserinnen und Leser nicht verstehen würden. Wie solle man verstehen, dass das Glück nicht auf den Nenner zu bringen sei. Noch schwieriger finde er, dass er schreibe, das Glück sei eine Vermählung mit der Zufriedenheit. Er müsse doch so schreiben, dass alle auf Anhieb fassen, was er meine. Paul aber beharrte auf dem Text und meinte, er solle die Lesenden nicht unterschätzen. Dass das Glück immer nur ein Bruch eines Ganzen sei, also ein Zähler bleibe, verstehe jeder. Die beanstandete Formulierung von einer Vermählung besage nur, dass es kein Glück geben könne ohne Zufriedenheit.

Die Kolumne fand wieder Anklang bei der unbekannten Dame. Auf der Rückseite des Kuverts standen Name und Adresse. Es handelte sich um eine Maria Jauch, wohnhaft in Winterthur. Hatte er nicht schon vor einem halben Jahr eine Karte erhalten, auf der er glaubte, es sei ein J zu lesen gewesen? War es die gleiche Person, die ihm die Karte mit dem Lindenbaum auf einem Hügel geschickt hatte?

Sehr geehrter Herr Winther,

in der Rubrik «Geflüstertes» lese ich gerne Ihre kurzen Texte. Einige habe ich ausgeschnitten und in eine Mappe gelegt. Den Text über das Glück las ich einige Male. Ich habe Ihnen vor sieben Monaten eine Karte mit der Linde auf einem schön geformten Hügel geschickt. Jetzt schreibe ich Ihnen einen Brief. Ihre Gedanken berührten mich. Diesmal sind es die überraschenden Formulierungen, die mir besonderen Spass machen. Ich verstehe gut, dass das Glück nur ein Zähler ist und nie das Ganze. Schon deshalb, weil es nur kurz dauert. Die Formulierung vom Glück als Vermählung mit der Zufriedenheit ist sehr poetisch, gefällt mir. Vielleicht ist Vermählung nicht das richtige Wort. Es steht etwas im Widerspruch zur Aussage, dass Glück ein Bruch sei. Vermählung ist auf eine

Dauer angelegt. Ich denke oft an das geflügelte Wort, der Mensch sei der Schmied seines Glückes.

Danke und grüsse herzlich

Maria Jauch

Winther war verblüfft. Er zeigte den Brief seinem Chefredaktor. Der Brief gab Paul teilweise recht, aber er kritisierte ihn auch. Diese Maria hat zurecht auf die Augenblickhaftigkeit des Glücks hingewiesen. Also ist das gewählte Bild nicht überzeugend. Da Winther mit Hodel ein fast freundschaftliches Verhältnis pflegte, gönnte er ihm den halben Triumph und beide freuten sich am Brief. Dennoch wollte Winther nicht kapitulieren, denn die Vermählung sei immerhin die Voraussetzung, dass ein Paar glückliche Momente erleben könne. Hodel, der Chefredaktor, hielt dagegen, glückliche Momente mit einer Frau zu erleben, setze nicht eine Vermählung voraus. Dies habe wahrscheinlich auch diese Maria sagen wollen. «Nimm dich in Acht, mein lieber Paul.»

«Der von Hand geschriebene Brief von Frau Jauch verdient eine Antwort», sagte er sich. Wer schreibt den heute noch Briefe? Er schaute auf die Karte mit der Linde und sagte sich: «Da sie mir ihre Adresse bekanntgegeben hat, erwartet die Unbekannte eine Antwort.»

Sehr geehrte Frau Jauch,

Sie sind so freundlich, von mir keine Antwort auf Ihren Brief zu erwarten, aber durch Ihren Hinweis, jeder sei der

Schmied seines Glücks, stellen Sie indirekt doch eine Frage, die ich gerne zu beantworten versuche. Der Satz bedeutet ja, dass jeder für sein Glück selbst verantwortlich sei. Oft ist das gar nicht möglich. Es gibt Umstände, wo ein Leben glücklos vor sich hinplätschert. Dafür gibt es Gründe. Pechvögel können den rechten Fuss mit dem linken verwechseln. Viele Menschen befällt eine Krankheit, für die sie keine Schuld tragen. Oft spielt im Leben der Zufall eine gute oder schlechte Rolle. Der Ort der Geburt ist nicht unwichtig. Diese Feststellungen relativieren die Volksweisheit, die gerne vergisst, dass Glück geschieht. In der Leistungsgesellschaft von heute verdrängen wir die Tatsache, dass Wichtiges sich ereignet. Schon die Geburt ist ein Geschehen und ebenfalls der Tod. Ich denke oft, dass vielmehr im Leben geschieht, als was Menschen wollen können. Wenn ich mir überlege, was in meinem Hirn geschehen ist, seit ich ihre kritischen Gedanken gelesen habe, so war es das ungesteuerte Denken in meinem Kopf, dass mir schliesslich sagt: «Du solltest Frau Jauch, wenn du ein höflicher Mann sein willst, antworten.» Das hat mein Denken schliesslich beschlossen und führte mich an den Schreibtisch.

Paul Winther mit herzlichem Gruss

Bevor Paul Winther den Brief abschickte, fragte er sich, ob er nicht zu belehrend sei. Hätte er ihn nicht von Hand geschrieben, sondern mit dem PC, würde er ihn gewiss ein wenig ändern und die Antwort bei einem kurzen, aber freundlichen

Dank belassen. Es machte ihm gerade Spass, etwas ausführlich zu sein. Dass sie den «Schmied seines Glücks» erwähnte, freute ihn, denn die Eltern von Gottfried Keller stammten aus Glattfelden, dem Dorf, wo er wohnte. Kennt sie die humorvolle Geschichte, in der Kabis alias Kabys Erbe wurde und es dann nach seinem Freudentanz nicht blieb, weil der wahre Kabys gefunden wurde? Paul stach die Neugierde.

«Jauch ist ein Urner Geschlecht», sagte er vor sich her und setzte sich auf das Kanapee, studierte die schöne und eigenwillige Schrift mit ihren Ober- und Unterlängen und der i-Höhe der Vokale, die bescheiden wirkte. Ein besonders hohes Selbstbewusstsein schien diese Maria nicht zu haben. Er verwarf aber den Gedanken und sagte sich, so eine flüchtige Analyse lasse Vorurteile entstehen. Es fiel ihm nicht ein, nach ihr im Internet zu suchen.

Maria Jauch las Winthers Antwort einige Male. Es freute sie, dass er sich mit ihrem Einwand auseinandergesetzt hatte. Sie zögerte nicht lange und begann eine Antwort zu entwerfen, die ihr nicht gelang. So zerriss sie das Blatt. Sie würde sich Zeit nehmen und sich eine Antwort ausdenken. Sie nahm sich schliesslich vor, nicht auf Winthers Brief zu antworten, sondern auf ein weiteres Winther-Thema einzugehen.

Geehrter Herr Winther,

seit einigen Jahren lese ich Ihre Kolumnen. Eine mir bekannte Frau bringt mir jeweils die Personalzeitung Ihrer Firma. Besonders Eindruck haben mir Ihre Betrachtungen über die Anerkennung der Mitarbeitenden gemacht. Sie begründen fundiert, wie Aufmerksamkeit die Angestellten anspornt. Sie zitieren bedeutende Autoren. Ein Honneth zum Beispiel. Im Internet fand ich seinen Namen. In der Buchhandlung blätterte ich in einem seiner Werke. Ich fand es schwierig und kaufte das 600-seitige Werk nicht. Ich halte mich an einige Empfehlungen, die ich im Gedächtnis behalten habe. Sie haben, wenn ich mich richtig erinnere, in der Personalzeitung geschrieben, durch Anerkennung und gerechtes Behandeln fühlten sich Mitarbeiter getragen. Es gebe keine Gerechtigkeit, wenn sich diese nicht auf ethische Werte beziehe. Ohne eine Vorstellung von dem, was gut sei, gebe es kein fruchtbares, soziales Zusammenleben. Immer wieder denke ich über diese Sätze nach. Sie berühren meine Erfahrung. Wenn Sie dann hie und da über die Natur schreiben, sind Sie sehr poetisch. Fast hätte ich vergessen, für Ihren Brief zu danken.

M. Jauch

Dieser Brief weckte Winthers Neugier. Von welcher Erfahrung sprach Frau Jauch? Griff sie bewusst ein Thema auf, die den Briefwechsel weiterführen würde? Sie betrat hier ein Gebiet, das ihn als Personalchef immer beschäftigte, worüber er von Zeit zu Zeit geschrieben hatte. Einmal wurde er vom Boss sogar gewarnt, dass er das Thema etwas zurückhaltender behandeln solle. Lob könne Mitarbeiter bequem machen. Sie würden ja für ihre Arbeit bezahlt. Winther war klar, dass es auf die Dosierung ankam. Ein guter Angestellter aber wolle spüren, dass er geschätzt werde. Er konnte nicht widerstehen, Frau Jauch zu antworten:

Dass Sie von einem meiner Texte schreiben, der meine Tätigkeit berührt, ist wohlwollend. Ohne Anerkennung der guten Arbeit eines Angestellten verliert er die Motivation, mehr zu tun als das, was zwingend verlangt wird. Man sagt, er arbeite nach dem Pflichtenheft, zeige darüber hinaus kein Interesse. Das ist in gewissen Berufen schädigend, besonders wenn der Angestellte es mit Kunden zu tun hat.

Sie überraschen mich mit der Bemerkung, dass Sie Kolumnen gerne lesen, wenn in ihnen ein Hauch von Poesie atme. Ohne Poesie kein Leben! Wer mit offenen Augen durch die Welt geht, wird überall den Atem der Natur, der Kunst, der Dichtung oder der engagierten Tätigkeit des Menschen spüren. Wenn es mir gelingt, Eindrücke dieser Art zu beschreiben, bin ich glücklich. Gelingende Tätigkeit macht glücklich.

Guten Tag

pw

Paul Winther schrieb einen kleinen Text in der Rubrik «Geflügeltes». Er ging dabei von einem Vorfall aus, der in der Stadt Empörung auslöste. Er berichtete über ein geschmackloses, politisches Gezänk. Winther kommentierte es nicht direkt, aber er schrieb dazu eine kleine Glosse. Sie handelte vom guten Geschmack.

Es gibt Biertrinker und Weintrinker. Beiden lösen sie die Zunge. Die eine ist lauter und hat Schaum vor dem Mund. Man versteht ihn deshalb nicht richtig. Schaum dämpft. Der andere trinkt den Wein, aber so, als ob er Bier trinken würde. Dass ihm auch der gute Geschmack fehlt, liegt an den grossen Schlucken, mit dem er ihn durch den Gaumen schlenzt.

Wer nicht kostet und schmeckt, kann keine Weisheit erlangen. Denn im Wort «homo sapiens» steckt das Wort «sapor», was so viel wie Verstand oder Geschmack bedeutet. Mir scheint, dass wir gerade erleben, dass zwischen den Streithähnen keine Sapientia herrscht. Der gute Geschmack ist der Ursprung der Weisheit. Wie sollte man weise sein, wenn man redet, wie man trinkt. Ich proste der Sapientia zu und nicht der Torheit. pw

Die Glosse löste einen Shitstorm aus. Auf Facebook und anderen Plattformen wurde der kurze Text kommentiert, in den Beizen wurde gelacht, und jene, die nicht wussten, was und wer genau gemeint war, wurden aufgeklärt. Der spitze Stift der Glosse freute Chefredaktor Hans Hodel. Er sah seine Zeitung im Gespräch. Bei seinem Firmenchef fand die Glosse keine Anerkennung. Nun war er anfangs 2019 aber bereits im letzten Jahr seiner Anstellung. Es winkte die Pensionierung.

Auf der Redaktion trafen zahlreiche Briefe ein. Die meisten lobten diesen pw. Einige empörten sich. «Ihr Herr pw, der sich hinter dem Kürzel versteckt, beleidigt uns Biertrinker.» Einer meinte: «Wer den Wein herunterschlenze, sei kein

Weintrinker, sondern ein Säufer. Und wenn die Herren, der eine wie der andere, zu sehr dem Alkohol zusprechen, sei es nicht verwunderlich, dass sie mit losem Mundwerk auftrumpfen.» Dass sich einige ein- und zweisätzige Kommentare widersprachen und die Wohlwollenden die grosse Mehrheit bildeten, gab der Redaktion zu lachen und löste Spott aus. Paul Winther aber freute sich. Er erhielt sogar ein Brieflein von M. Jauch:

Herr Winther,
habe die Glosse mit Genuss gelesen. Einen der Herren kenne ich. Es handelt sich um den Weintrinker. Er ist ein unangenehmer Nörgler und Besserwisser. Ich muss schon sagen, Sie sind tüchtig dreingefahren. Was ich dann teilweise auf Plattformen las, zeigt wie humorlos die Menschen sind. Sie verstehen Ihren Text nicht. Sie, Herr Winther, haben einmal vom kreativen Konjunktiv geschrieben. Diesen Ihren Text lese ich nicht im Indikativ, sondern eben in dem etwas spottenden Konjunktiv. Ich gratuliere herzlich.
M. Jauch

Winther kratzte sich im Haar. Wer ist diese Frau Jauch? Sie hat ein überaus gutes Gedächtnis. Auch weiss sie, was Geschmack für das Zusammenleben bedeutet. Er begann sich Vorstellungen von ihr zu machen. Sie ist gebildet und geht wie beiläufig mit Fremdwörtern um. Der kreative Konjunktiv hat ihr gefallen. «Ich begegne da einer Frau, die mich versteht. Ich werde alle ihre Briefe, die sie mir schreibt, beantworten. Ich bin bald pensioniert, lebe einer Zeit entgegen, die noch immer etwas von mir fordert oder ich von ihr.» Es gab in Winterthur nur eine Frau, hatte er herausgefunden, die ein Geschäft führt.

Abends, wenn Frau Jauch jeweils in die Wohnung kam, kochte sie sich ein leichtes Essen, trank ein Glas des sorgfältig ausgewählten Weines und setzte sich später auf das Sofa. Sie überlegte sich, was der Tag gebracht hatte. Blieb kein Problem bestehen, las sie ein Buch. Maria dachte: «Winther weiss nicht, dass ich ein Geschäft führe, in dem der Wein eine wichtige Rolle spielt. Er kann nicht richtig einschätzen, warum mir die Glosse so gut gefallen hatte.» Aber sie täuschte sich.

Seit Maria mit Winther in Briefkontakt getreten war, kehrten ihre Gedanken immer wieder zu ihm zurück. Das Thema «Glück» liess sie nicht los, darum skizzierte sie einen Brief, von dem sie nicht wusste, ob sie ihn abschicken würde. Es konnte auch ein Tagebucheintrag bleiben:

> Ich nehme an, Herr Winther, die Glosse, die Ihnen meisterhaft gelang, macht Sie glücklich. Ein Moment des Glücks befriedigt das Gefühl. Ist Ihnen ein guter Text gelungen, haben Sie für den Moment erreicht, was Sie sich wünschen. Sie sind dann halt doch ein Schmied des Glücks. Man kann das Glück ja auch verscherzen. Auch wenn das Glück recht flüchtig ist, braucht es dazu ein Sensorium.

Das Glück scheint mir ein Lohn der Arbeit, ein Geschenk der Tätigkeit, eine Frucht der Talente und Begabungen zu sein. Das bunte Leben eines Taugenichts ist eine schöne romantische Idee, ein Traum. Ich sitze gerade auf meinem Sofa und lese nochmals Ihre Briefe. Ich blättere auch in Ihren Texten, die ich, gefielen sie mir, sorgfältig abgelegt habe. Ich liebe Gedichte und so können Sie sich vorstellen, dass ich poetische Stellen in Ihren Kolumnen schätze.
M. J.

Maria wählte eine Karte, auf der Einstein mit einem provozierenden Satz zitiert wird: «Um ein tadelloses Mitglied einer Schafherde sein zu können, muss man vor allem ein Schaf sein.» Weiss der Kuckuck, wer ihr die Idee gab, sie ins Kuvert zu stecken. Kaum hatte sie es in den Briefkasten geschubst, bereute sie die Wahl der Karte. Winther könnte sie missverstehen. Vielleicht aber würde er den Aphorismus in einer Glosse einbauen.

Maria war sich sicher, dass Winther schon lange herausgefunden hatte, dass sie in der «Weinhandlung Della Torre» und in ihrem Spezialitätengeschäft beschäftigt war. Von ihrer Biografie konnte er keine Ahnung haben.

In der Tat fand Winther die E-Mail-Adresse, aber er hielt sich bewusst zurück und schrieb die Briefe mit der Feder. Briefe von einer Persönlichkeit erschliessen mehr als eine flüchtige Mail. Die Schrift gibt Hinweise, wer die Schreibende sein könnte. Erhielt Paul Mails, war er überrascht, wie die Frau war, wenn er sie persönlich kennenlernte. In der Handschrift spiegelt sich immer auch ein wenig die Seele des Menschen. Es ging bei einigen Bekanntschaften lange, bis er wahrnahm, dass die Zuneigung eine Projektion seiner Wünsche war, die dann bei der Begegnung enttäuscht wurden. Kam es digital zu einer Kristallisierung, wie sie Stendhal in seinem Werk *Über die Liebe* beschreibt, war mehr in seiner Fantasie als in der Frau, die er zum Rendezvous traf. In der Kristallisation steckte also mehr Ich als Du. Die Einbildungskraft entdeckt in virtuellen Briefen mehr die Vorzüge, die die Person haben sollte, als dass sie sie hatte. Winther hatte nicht verstanden, wie eine Frau fühlt, wie sie empfindet. Das musste er lernen. Er musste eine Methode finden, die den Weg des Verstehens geht. Vielleicht könnten es die niederlagelose Methode oder Ich-Botschaften sein, die der Psychologe Thomas Gordon in seinen Werken empfiehlt. Noch besser gefiel ihm, wie Sokrates vorging, der Fragen den Antworten vorzog. Winther beschloss ganz banal, Maria zu fragen, ob es ihr passe, wenn er per Mail schreibe.

Ihre Antwort war knapp. Sie dankte für die Anregung. Es würde den Briefwechsel erleichtern. Und schon erhielt Frau Jauch eine Mail.

Frau Jauch,
Sie unterstellen mir sicher nicht, dass ich ein braves Schaf in der Herde bin. Ich lachte, als ich das Einstein-Zitat las. Es ist treffend. Vielleicht dachten Sie, ich würde eine Herde frommer Arbeiter überwachen. Das ist nicht

so. Heute geht das nicht mehr so einfach, wie zur Zeit von Einstein. Jeder glaubt an das, was er denkt. Ihre kurze Antwort hat mir zugleich verraten, unter welcher Mail-Adresse Sie meine Briefe erwarten. Ich erlaube mir, die Bestätigung Ihres Briefes durch den Äther zu senden. Ich bin oft in Winterthur und werde gerne einmal ins Geschäft «Della Torre» und in den Spezialitätenladen der Lady Maria vorbeisehen. Italienische Spezialitäten und Wein kann ich bei Ihnen besorgen, zumal ich oft für mich allein etwas Kleines koche.

Ich grüsse Sie herzlich

pw

Maria hatte geahnt, dass Winther die Karte mit Humor lesen und ein wenig Ich-Bespiegelung machen würde. Der Ausdruck «Lady Maria», den er gebrauchte, kam ihr dann doch wie ein kleiner, leichter Spott vor. Sie dachte oft, diejenigen, die öffentlich schreiben, würden das letzte Wort für sich beanspruchen.

Dass Maria die Anregung gefiel, per Mail zu schreiben, hatte auch damit zu tun, dass sie Aussicht gab, dass Winther den Briefwechsel weiterführen möchte. Dass er im Geschäft vorbeizukommen wünschte, freute sie. Sie war gespannt. Sein Bild hatte sie in seinen Personalnachrichten oft betrachtet.

Paul schwieg eine ganze Woche. Maria war beunruhigt. Hatte sie ihn doch beleidigt? Er aber hatte sich entschieden, einen Umweg für die Antwort zu wählen. Er schrieb eine

Glosse. Die Rubrik «Geflügeltes» befand sich in der Zeitung immer links oben auf der Titelseite und war kurz.

Die Nachahmer:
Die Welt ist in steter Bewegung. Immer wieder tauchen neue Moden auf und alte werden dem Zeitgeist angepasst. Propagiert werden sie meist mit einer bekannten und beliebten Persönlichkeit oder einer auffälligen Schönheit. So ein schönes nacktes Bein begünstigt den Modefimmel. Eine teure Uhr am Arm eines Stars lockt Menschen, es ihnen gleich zu tun. Die Moden schaffen Schafherden und sie wünschen, dass die Menschen tadellose Mitglieder der Masse bleiben. Schon von Kind auf ist der Mensch ein Nachahmer und begibt sich dabei oft in eine selbstgewählte Unmündigkeit. In Sachen Moden bleibt er ein Kind. Er liebt seinen Teddybären. pw

Maria lachte. Die Glosse las sie als Gruss. Sie sagte ihr: «Maria, ich denke an Sie.» Damit erreichte Winther ihre totale Aufmerksamkeit. Sie ass gerade das Frühstück, holte, das Butterbrot noch mampfend, den Laptop und schrieb:

Sie nehmen nicht etwa an, Herr Winther, dass ich ein Schaf bin? Wenn es darauf ankommt, habe ich Krallen. Es war mir nicht vergönnt, auf weichen Pfoten durch das Leben zu gehen. Ich schicke Ihnen lachende Grüsse.
M. J.

Es dauerte nicht lange, trudelte die Antwort von Winther ein:

Liebe Frau Jauch,
Krallen habe ich noch keine gespürt. Sie begegnen mir auf weichen Sohlen? Ich wünsche Ihnen einen guten Tag. Ich werde zurückkommen auf ein Thema, das wir schon angesprochen haben. Sie erhalten den Brief am Abend. Ich fahre nach Schaffhausen und treffe Hans Hodel.
pw

Winther beschäftigte auf dem Weg das Thema Glück. Es ist nicht auszumachen, ob er an sein Leben dachte, das ausser seiner guten Anstellung in der Firma und dem kleinen Vergnügen, sein Talent als Schreibender zu nutzen, bis anhin nicht besonders geglückt war. Es blieb eine nicht gestillte Sehnsucht. Vielleicht war es gerade das Schreiben. Der Mangel verlangte oft nach einer Kompensation. Wer ein Bein verloren hat, träumt, er könne auf vier Beinen gehen.

Liebe Frau Jauch,
Glück ist das höchste zu erreichende Gut. Ein voraussetzungsloser Antrieb sehnt sich und strebt nach dem Glück. Natürlich kann sich der Mensch auch als Mitglied der Herde glücklich fühlen. Jeder kann dies beobachten, wenn sich die Herde in der Street Parade durch die Stadt wälzt.

Mir scheint, der Mensch muss wollen, dass ihm das Leben glückt. Glücksstreben ist dem Menschen innewohnend, aber das Glück ist nicht wie selbstverständlich da. Bücher über das Glück füllen zahlreiche Regale. Ich werde in einem Gespräch bestimmt die Möglichkeit erhalten, diese Ansicht in einen grösseren Zusammenhang zu stellen.

pw

Maria und Paul redeten sich in ein Hochgefühl hinein. SMS über den Himmel zwischen Winterthur und der Adresse von Winther rasten hin und her. Maria:

Ich bin keine Philosophin. Ich handle nach meinem gesunden Menschenverstand. Es gibt ja sicher weitere Antriebe, die voraussetzungslos im Menschen vorhanden sind. Vielleicht entspringt auch das Schreiben einem inneren Drang. Was mich bei vielen Ihrer Texte schon lange gewundert und gefreut hat, war die immer wieder aufblitzende Poesie. Ich denke manchmal, die letzten Dinge liessen sich nur poetisch sagen. Als ich vor einigen Wochen an einer Beerdigung teilnahm und hörte, was der Priester über den Tod und das Jenseits predigte, dachte ich, es sei schönste Poesie. Über den Himmel lässt sich nur poetisch reden, fiel mir ein. Dagegen fand ich den Katechismus, den ich als Kind auswendig lernen musste, nüchtern und langweilig. Warum, weiss ich nicht.

Ihr Satz, Glück sei eine Vermählung mit Zufriedenheit, empfinde ich als poetisches Bild. Damit meine ich nicht, er müsse unbedingt richtig sein. Als ich meinen Mann heiratete, erlebte ich die Hochzeit als jubelnden Tag. Dem folgten Tage, die wenig mit Glück zu tun hatten. Ich wurde einem Sachzwang unterworfen. Ich sehnte mich nach schöneren Tagen. Ist die Sehnsucht nach einem guten Leben und schönen Tagen nicht auch ein voraussetzungsloser Wunsch? Nun aber muss ich ins Geschäft.

Mit Gruss

M. J.

Mitte Februar

Als Maria über die Treppe hinunter in den Laden stieg, machte sie sich Vorwürfe, dass sie am Ende der Mail persönlich wurde. Das würde Paul Winther zu denken geben. «Du hättest von dir absehen sollen.» Es beherrschten sie Zweifel, ob sie richtig gehandelt habe. Sie glaubte, keinen Seelendoktor zu brauchen. Ihr war es gelungen, mit sich und dem Leben selbst fertig zu werden. Warum konnte sie Winther ihre persönlichen Gedanken nicht vorenthalten? Ihr schien, zu Paul Winther sei eine gewisse Vertrautheit entstanden. Wirkte sie nicht aufdringlich?

Paul machte sich tatsächlich Gedanken. Was hatte Maria bewegt, anzutönen, wie es in ihrer Ehe verläuft? Was mag sie angeregt haben, persönlich zu werden und von ihrer Ehe zu sprechen? Es klang, als wäre der Hochzeitstag doch der schönste Tag gewesen. Dass der Brief von Maria in ihm etwas anrührte, spürte er nicht sofort. Aber er regte ihn auf fast rätselhafte Weise an, mehr von Maria zu erfahren. Es war ihm bewusst, dass Maria ihn kennen musste. Wer schreibt, gibt irgendwie sein Herz und sicher seine Visage preis. Manchmal äussert das Herz sich in Nebensätzen.

Maria betrachtete sein Porträt manchmal auch in der Zeitung. Das Foto, das er für seine Rubrik «Geflügeltes» ausgewählt hatte, hätte gewiss besser und anziehender sein können. Es wirkte gestellt und etwas verkrampft. Dennoch sah sie in den Linien seines Gesichtes etwas zwischen Leichtigkeit und Ernst. Er hatte vor einiger Zeit den Besuch im Geschäft angekündigt. Wann würde er kommen?

Winther nahm zu ihrer Enttäuschung in seiner letzten Mail keinen Bezug zur persönlich gefärbten Äusserung. Er blieb seiner Linie treu, ein wenig philosophisch, aber hoffentlich, wie er sich sagte, nicht belehrend zu sein.

Liebe Frau Jauch,

ich habe mir überlegt, in welchen meiner Texte Sie glauben, dass eine Prise Poesie aufgeblitzt sei. Handelt es sich um eine meiner Kolumnen? Interessant finde ich, und das nehme ich als Kompliment gerne entgegen, dass Sie poetische Blitze in meinen Texten registrieren. Der Sprung, den Sie dann zur Metaphysik machen, indem Sie sagen, man könne die letzten Dinge eigentlich nur poetisch ausdrücken, bringt mich eher in Verlegenheit. Ist der Himmel nicht einfach eine persönliche Vorstellung? So kommt es wohl auf die Fantasie des Priesters an, wie er am Grab darüber spricht.

Ich grüsse Sie herzlich

pw

Die Antwort, die sie am Abend las, freute Maria. Sie wusste jetzt definitiv, dass dieser Briefwechsel nicht einfach abbrechen würde. Kühn beschloss sie, Winther mit einem Telefonat zu überraschen. Sie rief ihn spontan an. Er war nicht zu Hause. So verschob sie den Anruf. Aber um neun Uhr versuchte sie nochmals anzuläuten, zögerte, ärgerte sich über ihre Ungeduld. Sie legte den Hörer wieder in die Gabel.

Winther wäre nicht zu Hause gewesen. Er war zu einer Herrenrunde nach Schaffhausen gefahren und traf sich mit Kollegen und mit Hans Hodel, den alle Chef nannten. Alle vierzehn Tage sassen sie im «Schützengarten», gingen kritisch auf Artikel im *Volksblatt* ein und vermissten tiefere Analysen, die sie in grösseren Zeitungen fanden. Auch die *Süddeutsche* gehörte zu Winthers täglicher Lektüre. Einzig Kollege Hans, der kurze Zeit Chefredaktor war, gelang es, mit gut fundierten Artikeln eine Seite zu füllen und an historische Ereignisse zu erinnern. Jahrestage, die die Welt veränderten, sollten ausführlich geschildert werden. Hans war peinlich bemüht, seine Artikel quellengestützt zu verfassen. Er hatte in seiner Agenda lange vorgemerkt, wann ein Aufsatz erscheinen sollte. Manchmal begann er Monate voraus, sich schon Notizen aus zuverlässigen Büchern zu machen.

Paul hatte nur das Privileg, als Gastautor Kolumnen und Glossen zu schreiben. Er schrieb manchmal über Todes- und Geburtstage von Kulturschaffenden. Er verehrte den Schriftsteller Markus Werner. Sein Roman *Am Hang* gefiel ihm ganz besonders, weil sich zwei Freunde leidenschaftlich über die Lebensauffassung und die Liebe streiten. Auch schon war er auf die erste Schaffhauser Ständerätin Esther Bührer, die engagiert auf das Bienensterben hinwies und das Thema im Ständerat zur Sprache gebracht hatte, eingegangen. Als der Film von Markus Imhof *More than Honey* gezeigt wurde, besprach er ihn, nicht ohne auf Bührer hinzuweisen. Kolumnen, sagte er sich, sollten wenn möglich immer auch einen Bezug zu Menschen haben, die in der näheren Umgebung bekannt sind. Hans Hodel kritisierte diese Meinung. Vielmehr verlangte er von den Redaktoren, dass sie von Erlebnissen und persönlichen Erfahrungen zu einer Pointe fanden, die das Gelesene zu einer allgemeinen Wahrheit verdichten würden.

Als Paul Winther zu Hause war, mailte er:

> Liebe Frau Jauch,
> ich habe Ihnen noch nicht verraten, dass ich in Glattfelden wohne. Gestern Abend juckte es mich, Sie mit einem Anruf zu überraschen. Es war abends um neun Uhr. Ich gab die Nummer ein, legte dann den Hörer wieder auf. Eine Frau, die ich nur von einigen Briefen her kenne, in der Nacht anzurufen, schien mir unschicklich. Das könnte Sie unliebsam überraschen. Ich verzichtete auf den Anruf. Vielleicht haben Sie aber gespürt, dass ich an Sie gedacht habe. Ich will es mir nicht allzu bequem machen. Den Briefwechsel mit Ihnen möchte ich keineswegs durch Telefonate ersetzen.
> pw

Herr Winther,
Sie hätten mich nicht überrascht. Uns gegenseitig zu schreiben hat eine besondere Qualität. Ich schreibe jeden Tag unzählige Mails an Kunden als Antwort auf eine Bestellung. Oft erreichen mich unklar formulierte Wünsche. Etwa: «Schicken sie mir einen Karton Wein von dem, den ich immer bei Ihnen beziehe, von dem exzellenten Jahrgang 2015, dem Spanier.» Ich muss dann zurückmailen, dass ich keine Spanier im Sortiment hätte und erklären, dass es sich um einen Primitivo handle, den der Schreibende bei mir bezogen habe. Mit Bedauern schrieb ich, der 15er sei schon lange weg. Auch der Wein mit Jahrgang 2018 würde sicher die Probe bestehen.

Wenn ich den ganzen Tag Geschäftsbriefe schreibe, werde ich müde und sehne mich nach einem Brief, der nichts mit dem Geschäft zu tun hat. Manchmal erreicht mich ein Brief aus Kanada. Aber Geschäft ist Geschäft und gehört zu meiner Tagesarbeit. Da ist kein Duft in einem Brief.

Manchmal sitze ich am Abend in der Wohnung und gebe mich entspannt der Lektüre einiger Gedichte hin. Ich überlege mir, was eine Metapher sagen will. Sie lässt der Fantasie viel Spielraum. Eine frühere Kollegin, mit der ich in der Bank zusammengearbeitet habe, schreibt mir immer fein abgezirkelte Briefe. Ich liebe sie sehr, weil sie originell auf verschiedene Spuren führen. Sie empfiehlt mir oft Bücher, die ich lesen sollte. Aber meine Zeit ist rar. Ein Geschäft, wie ich es führe, ist nie am Abend zu Ende. Manchmal sage ich mir, meine Mitarbeiter würden

gewisse Aufträge morgen spielerisch erledigen. Also entspanne ich mich und lese einen Roman. Warum aber liest man einen Roman?
Danke
Maria Jauch
Anfang März

Winther bemühte sich, die Frage zu beantworten und schrieb:

Romane erzählen eine Geschichte, die den Kern des Problems, das eine Autorin beschäftigt, zerlegt und nachvollziehbar beschreibt. Darum sind sie anschaulicher und näher bei den Dingen als philosophische Abhandlungen, die oft sehr kompliziert sind. Diese werden oft in sehr abstrakten Begriffen ins Allgemeine gerückt, ohne auf eine persönlich erlebte Erfahrungen Bezug zu nehmen. Darüber liesse sich aufgrund eines Beispiels lange diskutieren. Dies nur auf die Schnelle. Ich gehe gerade dem Gedanken nach, warum Poesie uns besonders beglückt. Ich habe gerade einen Entwurf geschrieben, den ich Ihnen später, überarbeitet, schicken werde.
pw

Liebe Frau Jauch,
ich bin Ihnen noch schuldig, über Poesie zu reden. Sie haben feinfühlig bemerkt, dass Religion einen poetischen Ursprung besitzt. Es sind ja immer Geschichten, aus denen die Religionen zehren. Die Evangelien erzählten das

wunderbare Wirken von Jesus, der durch seine Worte und Taten zu einem Gesalbten oder Christus, das heisst, einem Lichtträger wurde. Wir werden wohl später, wenn wir uns besser kennen, darüber sprechen. Kennen Sie, Frau Jauch, das Gedicht *Der römische Brunnen* von Conrad Ferdinand Meyer? Es ist reine Poesie und ist zugleich als Ganzes eine Metapher. Das Gedicht beschreibt das Gesetz des Lebens. Das Wasser fliesst in eine Schale, diese läuft über, die zweite nimmt es auf und gibt es weiter … «Und jede nimmt und gibt zugleich. Und strömt und ruht.» Unzählige Gedichte sind geschrieben worden, nur wenige überdauern die Zeit. Jeder Mensch müsste einige sehr gute Gedichte und Texte auswendig lernen. Ich postulierte einmal ein Schülerrecht auf Auswendiglernen. Kinder haben ein Anrecht, gelungene Gedichte auswendig mit in ihr späteres Leben mitnehmen zu dürfen. Dieses Recht aber wird stark vernachlässigt. Die digitale Welt hat Prioritäten geschaffen, die leicht übersehen lassen, wie tiefste Empfindungen in einmalig gelungene Worte gefasst worden sind. Zu meiner Zeit legten Lehrer Wert darauf, dass Schüler Gedichte auswendig lernten. Ich kann heute noch den *Erlkönig* auswendig aufsagen. Das Gedicht *An den Mond*, ebenfalls von Goethe, gehört zu meinem liebsten. Es beginnt mit einem wunderbaren Klang:

Füllest wieder Busch und Tal
Still mit Nebelglanz,

Lösest endlich auch einmal
Meine Seele ganz …

Sie können also das Gedicht *Der römische Brunnen* als Metapher lesen.
pw

Nach diesen Ausführungen, sagte sich Maria, müsse sie Paul ein wenig in ihr Leben hineingucken lassen. «Er kennt mich ja nicht. Vielleicht mutet er einer Ladenbesitzerin nicht allzu viel Bildung zu. Das muss ich ändern.»

Herr Winther,
glücklicherweise hatte uns im Gymnasium der Deutschlehrer zugemutet, Gedichte auswendig zu lernen. Gute Gedichte seien wie eine Wegzehrung für das Leben: ein Vademecum, das uns in schönen und schlechten Momenten begleite. Sie seien imstande, Gefühlen und Empfindungen das richtige Wort zu leihen. Der Lehrer folgte einem Kanon von Gedichten, die wir auswendig zu lernen hatten. Dazu gehörte auch das Gedicht *Der römische Brunnen* oder etwa Schillers *Nänie*, von dem mir noch immer das Wort im Gedächtnis geblieben ist: «Auch das Schöne muss sterben …», und die Schlusszeile: «ein Klagelied zu sein im Mund der Geliebten, ist herrlich, denn das Gemeine geht klanglos zum Orkus hinab». Ich lese gerne Lyrik und habe eine kleine Sammlung von Bänden auf dem Büchergestell.
Maria Jauch

PS: Der römische Brunnen existiert. Ich habe im Internet nach ihm gesucht und fand, dass die *Fontana dei Cavalli Marini* in der Villa Borghese in Rom Meyer zum Gedicht inspiriert hat. Der Brunnen ist auch ohne Wasser ein Kunstwerk.

Marias Antwort überraschte Paul Winther. Er schämte sich, dass er sie unterschätzt hatte. «Wie dumm ich doch bin. Ihr Briefstil ist einfach und klar. Wer schreibt schon, er freue sich, dass in Texten Poesie aufblitze.» Paul antwortete und hatte schreibend das Gefühl, er wirke etwas belehrend. Dennoch überraschte er Maria mit seiner Ironie:

Ihrer Bemerkung, Frau Jauch, dass der Brunnen auch ohne Wasser ein Kunstwerk sei, stimme ich zu. Aber erst wenn das Wasser fliesst, erfüllt er den Zweck, für den er geschaffen wurde. Ihm würde ohne Wasser die Seele fehle. Ich denke an die *Fontana dei Quattro Fiumi* des grossen Gian Lorenzo Bernini auf der Piazza Navona in Rom. Er ist ein Kunstwerk von hoher Qualität. Fliesst das Wasser der vier Flüsse nicht, ist er leer, sieht trocken aus und ihm fehlt die Seele.

Noch ein Wort zu *Der römische Brunnen*: Es ist ein Gedicht, das über die konkrete Schilderung des Gegenstandes hinausweist. Der Dichter sieht in ihm mehr als der Steinmetz. Ihn fasziniert das Wasser, das über die edlen Schalen fliesst. Das Wasser macht die Skulptur lebendig, so wie eine Kerze, die brennt, nicht nur ein Gegenstand mit Docht und aus Wachs ist. Es ist das Licht, dass ihr die Vollendung schenkt.

Ein wasserloser Brunnen ist wie ein Mensch, der nichts mehr zu erzählen hat oder hohles Zeug schwatzt. Eine fliessende Röhre tönt niemals hohl. Oft habe ich mir Reden anhören müssen, die witzlos, langweilig, trocken, nichtssagend und oft mit einem falschen Zitat garniert waren. Sie erinnerten mich an einen trockenen Brunnen oder an eine hohle Statue. Manchmal stelle ich mir einen solchen Redner als leere Schale vor, etwa wie einen Hummer, aus dem die Weichteile herausgeknabbert sind. Bestaunt wird noch die Form des Krebses, die die Natur erfunden hat. Viele dieser Redner, die wie Schalen wirken, schmücken ihre Texte zum Überdruss noch mit fremden Federn. Sie lesen einen Text ab, den ihnen ein Mitarbeiter oder ein Beamter vorfabriziert hat. Man spürt, jetzt spricht eine Statue, in der das Herz nicht mehr schlägt. Ich habe Rednern zugehört, denen ich ansah, dass sie dachten, wenn ich rede, ist das interessant genug.

Entschuldigen Sie, Frau Jauch, dass ich einen Menschen ohne Leidenschaft, ohne Lebenslust und Neugier als eine Statue oder als leere Schale betrachte. Ich spüre bei diesen, dass kein Feuer mehr brennt. Sie haben sich ein wenig zu bequem im Leben eingerichtet. Das Schlimme ist, dass sie sich selbst nicht langweilig vorkommen.

Paul Winther

Mitte März

Es ist schon spannend, lieber Herr Winther, wie Ihre Bilder sich meiner bemächtigen. Ich muss Acht geben, dass ich nicht eine Typologie der Menschen nach Ihren Vergleichen entwickle. Vorgestern ging ich auf dem Heimweg von einem Einkauf noch husch in eine Bar und trank einen Ramazzotti. Da blähte sich neben mir einer auf und quatschte mich an, und je mehr er redete, desto mehr begeisterte er sich an seinen Wörtern. Er rutschte etwas näher. Er sprach recht laut, aber hohl. Ich nannte ihn innerlich einen Hummer ohne Weichteile. Einen Mann mit leeren Scheren. Ich verliess die Bar. Im Geschäft geht es mir plötzlich ähnlich. Einen Nörgler, der nicht weiss, was er will, und Waren bemängelt ohne genaue Kenntnis, nenne ich eine sich selbst gefallende Statue. Gottlob kommen mehr Menschen in mein Geschäft, die frisch und froh wirken wie lebendige Brunnen. Sie sind Kenner. Sie würden sich keine Ware aufschwatzen lassen. Früher in der Bank traf ich oft Männer, die mir – overdressed – versuchten, Eindruck zu machen. Sie schienen ausgetrocknet wie Zahlen und Bilanzen. Floskelhafte Sprüche, die banal und verbraucht sind, wie etwa eine Sache sei nicht «das Gelbe vom Ei» oder «das schleckt keine Geiss weg», sind schalenhaft. So haben Sie mir Bilder geschenkt, mit denen ich meine Ruhe bewahren kann, auch wenn Menschen mich ärgern. Als Geschäftsfrau trete ich Kunden ohne Vorurteil gegenüber. Am Abend, wenn ich den Tag bilanziere, verblüfft es mich, dass ich einige Kunden in Winther'schen Kategorien beurteilt hatte.

M. J.

Liebe Frau Jauch,
sie korrespondiert, die Korrespondenz! Diesen Satz versehe ich mit einem Ausrufezeichen. Ihr Brief berührte mein Zwerchfell und löste ein Lachen aus. Ich stellte mir das Theater vor, in dem die Menschen als Schale, Hummer und Languste ohne Weichteile, als Statuen und Brunnen ohne Wasser und Brunnen mit Wasser auftreten. Eine Typologie der scherzhaften Art und eine originelle Idee.

Es ist Zeit, dass ich Sie besuche. Ich will die Besitzerin der Weinhandlung und des Spezialitätenladens endlich kennenlernen. Wahrscheinlich sind Sie als Eigentümerin eines Geschäftes die bessere Beobachterin, als einer, der Akten studiert, um Bewerber, die er anstellen soll, zu beurteilen. Allerdings hatte ich meine besondere Art und Weise, Berufs- oder Kaderleute zu beurteilen. Ich hatte es ja mit Menschen zu tun. Manchmal stellte ich eine überraschende Frage, etwa: «Können Sie jassen?» Die Antwort war stets verblüffend. Einer antwortete einmal, Jassen sei verlorene Zeit. Der CEO stellte ihn trotz meiner ablehnenden Empfehlung an. Nach einigen Monaten fragte er mich, warum ich ihn damals abgelehnt habe und dass er meinem Rat hätte folgen sollen. Er habe ihm heute gekündigt. Ich erklärte ihm meine Fragemethode. Den Ausschlag gab nicht, dass er nicht jassen konnte, sondern dass er Jassen als verlorene Zeit taxierte. Ich höre aus solchen Antworten heraus, dass ihnen das Offene, das Spielerische fehlt und ich erkenne den Spiessbürger, der nicht ins Team passt. Hätte er sich als Buchhalter empfohlen, wäre er wahrscheinlich der Richtige gewesen. Es handelte sich aber um eine Persönlichkeit, die einen Führungsauftrag bekommen sollte. Sie, Frau Jauch, stehen ja jeden Tag vor unterschiedlichen Kundinnen und Kunden und damit ganz real im Leben. Da verlangt der Umgang mit Kunden eine besondere Klugheit. Sie müssen einschätzen, ob Leute im Geschäft nur ein bisschen herumgucken wollen und gar keine klare Kaufabsicht haben.

pw

Das Kuvert wurde in Schaffhausen abgestempelt, wohin Paul gefahren war. Er hatte den Brief mitgenommen. Auf der Fahrt beschäftigte er sich mit Maria Jauch. Wer ist diese Frau? Sie ist Besitzerin eines Geschäftes. Ist sie verheiratet und arbeitet mit dem Mann zusammen? Wird der Briefwechsel verstummen, wenn die Themen erschöpft sind? Wie sieht sie aus? Das Bild auf der Website kann täuschen. Wie alt ist sie? Fragen über Fragen wechselten sich ab.

Im Schwung trat Paul verspätet im «Schützengarten» auf den Stammtisch zu. Die Kollegen empfingen ihn mit grossen Augen. In letzter Zeit war er immer der Erste am Tisch. Das Stammtischtreffen war zwar keine Verpflichtung, aber die fünf Kollegen hielten sich in der Regel an die Abmachung oder sie entschuldigten sich per SMS.

Paul war gemütlicher und langsamer als sonst gefahren. Er hatte die Zeit etwas verplempert. Als er ankam, meckerte Hans, er sehe etwas benommen aus, und lachte dabei. Die Kollegen meinten, er sehe eher aufgekratzt aus. Noch auf dem Weg hatte Winther sich vorgenommen, am Abend früh nach Hause zu fahren und Maria anzurufen.

Als er nach dem langen Palaver, dem sozialen Klatsch, dem frugalen, aber doch ausgezeichneten Essen im «Schützengarten» heimgekehrt war, setzte er sich eine Weile hin. Neun Uhr war vorbei und Paul überlegte, ob er anrufen soll. Es war überflüssig, nachzudenken, denn einem Gedanken, der schon tagsüber im Gehirn herumgeistert, kann man nicht ausweichen. Eine Idee, etwas zu tun, was er schon tagsüber gedacht hatte, schläft nicht einfach ein. Anzurufen unter diesen Umständen gleicht schon fast einem Befehl.

Zögernd entschuldigte er sich: «Du, Maria, entschuldigen Sie, Frau Jauch, Ihr Brief hat mich lustig gestimmt und einer von mir ist unterwegs zu Ihnen. Trotzdem nahm ich mir vor, Sie anzurufen.» Maria freute sich. Sie kam auf das verdrückte «Du» zu sprechen und meinte, sie sollten es bei Gelegenheit zelebrieren. Sie sei einverstanden, sich gegenseitig zu duzen, aber es sollte sich um einen feierlichen Akt des Du-Sagens handeln. Wie schnell sich heute alle duzen, missfalle ihr. Es komme ihr zu billig vor. Männer glaubten oft, sie würden mit einem Du besondere Vorteile erhaschen. Gewisse Leute würden die Grenzen nicht kennen. Die Beziehung zu ihm sei ihr heilig, sagte sie. Paul reagierte etwas überrascht. Eigentlich hält er es als Personalchef ähnlich wie Maria. Er gestand, dass er nach vielen Jahren nur mit wenigen Angestellten der Firma per du verkehrte. Auch gegen oben habe er eine gewisse Distanz gewahrt. Das habe garantiert, dass seine Empfehlungen sachlich geprüft wurden. Als einmal ein neuer CEO gewählt worden sei, habe er ihm empfohlen, beim Du zurückhaltend zu sein. Mit dem Du glauben gewisse Angestellte, sie könnten sich leicht anbiedern und Privilegien erhaschen. Das könne sogar zu einer gewissen Unehrlichkeit führen und auch Eifersucht bei Kollegen auslösen.

Nach dem etwas zaghaften, stotternden Beginn des Gesprächs wurde es frisch und munter. Maria Jauch sprach von ihrem Feinwarengeschäft, in dem sie sich auf italienische Weine und Spezialitäten, besonders auf gute Olivenöle, Balsamico, Käse und Fleischwaren aus Italien, auf Meerfische und Muscheln konzentriert habe. Sie lade ihn zu einem Besuch ein. Angeschrieben sei das Geschäft mit «Weinhandlung Della Torre». Wie sie in den Besitz der Weinhandlung gekommen sei, wolle sie am Telefon nicht erzählen. Das sei eine lange Geschichte, der viele Umweg-Geschichten vorausgegangen seien. Sie verdanke es einem Zufall. Darüber könne sie erst reden, wenn sie ihn, Paul Winther, getroffen habe. Sie lobte den Briefwechsel, der ihr schon viele Anregungen gegeben habe. Sie bleibe aber misstrauisch. Briefe mit schönen Worten könnten leicht überspielen, mit wem man es in Wirklichkeit zu tun habe. Sie lese gerade Robert Walser. Paul seinerseits verpasste nicht am Ende des Gesprächs, sie demnächst zu einem Essen, das er Symposion nannte, einzuladen, da könnten sie, wenn es passe, das Zeremoniell des Du-Sagens vollziehen.

Für Winther klang es etwas überhöht, vom Zelebrieren des Du zu sprechen. Als Maria ihm gestand, dass sie ihn gerne persönlich kennenlernen wolle, schlug er vor, sich am nächsten Freitag in Winterthur zu treffen. Sie stimmte zu und war erfreut, Paul lobte ihre sanfte und angenehme Stimme.

Was Maria vor dem Einschlafen durch den Kopf ging, schien beim Aufwachen noch immer das Thema, nämlich: Paul Winther. Ihr fiel aber ein, dass sie vergessen hatte, Winther zu gestehen, dass der Freitag kein besonders günstiger Termin sei. Aber für das Du, bei dem es darum gehe, einander in die Augen zu schauen, brauche es nicht viel Zeit, sagte sie sich. Es sei erwiesen, dass es weniger als fünf Sekunden brauche, um eine Person sympathisch zu finden. Das gelte auch für unsympathische Menschen, las Maria in einer italienischen Zeitschrift.

Paul blieb lange wach und dachte über das Gespräch nach. Diese Maria ist wohl eine starke Frau. Sie weiss, was sie will. Sie setzt klare Grenzen. Einfach du sagen, stopp! Hatte sie Enttäuschungen erlebt, die sie vorsichtig stimmten? Es war ihm bewusst, dass man Menschen erst kennt, wenn man ihre Geschichten kennt. Seltsamerweise kam ihm vor, Maria schleppe ein Leben mit sich, das sie vorsichtig mache. Sie arbeitete früher auf der Bank, gestand sie. Sie hatte dann geheiratet. Von ihrem Mann war bisher nie die Rede. Paul erfuhr nur, dass er gestorben sei. Noch am Tag, bevor er sie besuchte, sollte sie einen Brief in der Hand halten.

Liebe Frau Jauch,
Sie lesen Robert Walser. Wie kamen Sie auf diesen schrulligen Dichter mit seiner aussergewöhnlich poetischen

Prosa? Walser war eine Art Flaneur. Auf jedem Spazierweg fand er Anregungen für einen Text. Als der Berg aus dem «Bleistiftgebiet» abgebaut wurde und seine Texte in einigen Bänden erschienen, habe ich auch viele dieser Geschichten und Notate gelesen. Sie machten Spass. Seine Figuren in den grossen Romanen sind keine grossen Helden. Walsers Stil scheint mir ähnlich wie sein kurvenreiches Leben. Ganz eindrücklich kommt dies im grossen Roman *Geschwister Tanner* zum Ausdruck. Wie der Stil des Schreibenden so der Mensch. Ich krame aus meinem Büchergestell, angeregt durch Sie, wieder einmal den *Räuber*-Roman heraus. Das Werk blieb unvollendet und glänzt vielleicht gerade deshalb mit überraschenden Einfällen. Er ist voller Ironie und man hüpft von Pointe zu Pointe. Es ist unvollendet, sodass die Fantasie Stoff genug bekommt, den Roman weiterzudenken.
pw

Am Abend, als Maria den Brief gelesen hatte, blieb sie auf dem Fernsehstuhl sitzen, vergass den Fernseher einzuschalten und die Nachrichten zu hören, was sie üblicherweise tat. Sie sinnierte. Sie hatte Lust, Winther zu schreiben. Dass Paul plötzlich auf Walser auswich, enttäuschte Maria. Sie fragte sich, ob er ein Taktiker sei und ob ihm der Briefwechsel wirklich etwas bedeute. Beherrschte er das Spiel eines gescheiten Mannes, der sich überrascht gab, dass eine Geschäftsfrau Walser las? Sie griff einen Band mit Kurzgeschichten aus dem Gestell.

Herr Winther,
die grossen Romane von Robert Walser gefallen mir wegen ihrer Originalität. Ich habe nicht nur die Kurzgeschichten gelesen, vielmehr auch den verspielten Roman *Geschwister Tanner*, den Sie erwähnen. *Der Gehülfe* hat mir gezeigt, wie man ein Geschäft ruinieren kann. Er handelt von einem Erfinder und Unternehmer, der einen Gehilfen anstellt, ohne dass dieser genau weiss, was er zu tun hat. Er geniesst im Haus seines Chefs viel Freiheit und muss zuschauen, wie das Geschäft von Woche zu Woche zu fallieren anfängt. Der Gehilfe liebt die Anstellung, weil die gelangweilte Frau in ihm einen Spielgenossen findet, den sie herumjonglieren kann. Am Ende hat er und auch die Frau nichts mehr zu lachen. Ideale bestehen den Test der Wirklichkeit selten.

In den kleinen Stücken fand ich schönste, oft ironische Poesie. Darf ich für Sie zwei Beispiele herausgreifen, bei denen Sie den Poeten in Aktion sehen. Ihm gelingt es mit zwei, drei Sätzen eine Stimmung zu erzeugen.

«Es gibt Vormittage in Schusterwerkstätten, Vormittage in Strassen und Vormittage auf den Bergen, und letzte mögen so ziemlich sicher das Schönste auf der Welt sein, aber ein Bankhaus gibt entschieden noch mehr zu denken.» Mir scheint, das sei der typische Walser Stil. Schon dieser erste Satz lässt erahnen, wie Walser die Fantasie der Leserin anregt. Macht Walser dies naiv oder vielleicht berechnend? Man kann bei ihm nie ganz sicher sein.

Ich will noch ein weiteres Beispiel zitieren, um Ihnen zu dokumentieren, dass Walsers Sätze fast immer poetisch in eine seiner Geschichte hineinhüpfen. «Ist der Wald poetisch?», fragt er zu Beginn eines Textes. «Ja, das ist er, aber nicht mehr als alles andere Lebendige auf der Welt. Besonders poetisch ist er nicht, er ist nur besonders schön! Von Dichtern wird er gern aufgesucht, weil es still ist darin, und man wohl in seinem Schatten mit einem guten Gedicht fertig werden kann ...» Walser, der Flaneur, wie Sie ihn bezeichnen, läuft nicht einfach an den Dingen vorbei. Es geschieht in den Geschichten oft sehr wenig, weil der Autor plötzlich an einem Punkt verweilt wie kleine Kinder, wenn sie das erste Mal Ameisen entdecken. Walsers Werk ist ein wahrer Tummelplatz von Einfällen, angeregt durch Dinge und Menschen, die ihm begegnen. Man weiss nie, wohin er die Leserin führt. Vor den Frauen, dünkt mich, erstarrt er fast in Ehrfurcht. Was mir aber sehr gefällt, ist die Offenheit seiner Erzählungen. Sie sind nicht spannend gradlinig, keine logischen Geschichten, sondern durchtränkt von Humor und Ironie. Man springt über seine Wortkombinationen von einer Assoziation zur nächsten. Man folgt ihm gerne und ist überrascht von seinen Sprüngen. Worte und Sätze rufen nach weiteren. Ich wünschte mir, dass wir einmal ein Dramolett zusammen lesen und es improvisieren. Ich weiss natürlich nicht, ob Sie für solche Spielereien zu begeistern sind.
Maria Jauch

Winther war erneut sehr erstaunt. Maria Jauch wurde ihm ein Rätsel. Die zitierten Beispiele waren gut gewählt. Wie konnte sie von einem Gedanken schreiben, dass er in die Geschichte hineinhüpft? Winther war fassungslos. Unterschätzte er diese Frau, als er die ersten Briefe erhielt? Sie arbeitete früher bei einer Bank und las viel. Das wusste er inzwischen. Sie hatte damals Zeit gefunden, sich viel Wissen anzueignen. Ihr Schreibstil überzeugt, als würde sie ihn bewusst pflegen.

Er schrieb eine kurze, spontane Notiz:

Ihr Brief gibt ein klares Bild, warum Sie Walser mögen. Ich hätte nicht besser über ihn schreiben können, zumal ich ihn schon lange nicht mehr gelesen habe. Ich habe seiner Zeit die Bände *Aus dem Bleistiftgebiet* gekauft und viele seiner nachgelassenen Texte gelesen. Ich war verwundert, was es alles in diesem Bergwerk auszugraben gibt. Ich werde also am Freitag bei Ihnen vorbeikommen und bin äusserst gespannt, Ihren Betrieb kennenzulernen. Ich verhehle nicht, dass ich schon einmal vor Ihren Schaufenstern stehen blieb.
Winther

Paul hatte wiederholt, was er Maria schon einmal ausgeführt hatte, und fühlte sich in eigenartiger Weise in der Defensive, als er nach Winterthur fuhr. Er wusste natürlich, wo die «Weinhandlung Della Torre» mit dem Comestibles-Geschäft der Maria Jauch stand. Das Haus befand sich in einer geschlossenen Reihe von Bauten am Rand der Altstadt. Es fügte sich in sie ein, ohne besondere Aufmerksamkeit auf sich zu ziehen. Auf einem Fries über den Schaufenstern las Winther in grossen Buchstaben die Anschrift. Sie war etwas verblasst, aber doch nicht so vergammelt, dass sie unleserlich geworden wäre. Breite Schaufenster liessen von Weitem erkennen, dass hier ein Geschäft stand, das Waren anbot. Das Haus grenzte sich gegen das rechte und linke Gebäude durch geschliffene Eckplatten ab, die bis unter den hohen Giebel mit einem Krüppelwalmdach gehen.

In den Schaufenstern rechts und links lockten Waren. Über eine Stiege mit drei Treppen trat man durch die eisenbeschlagene Türe in den Laden. Paul Winther blieb vor den Schaufenstern stehen. Lange betrachtete er die ausgestellten Waren. Im rechten Schaufenster entdeckte er Weinflaschen aus dem Valpolicella, der südlichen Toskana und aus Weinbergen von Sizilien. Sie waren gruppenweise zusammengestellt. In ihrem Rücken hingen Bilder aus der Gegend, woher sie stammten. Auch auf der linken Seite verwiesen Landschaftsbilder auf die Gegend, wo die italienischen Delikatessen herkamen, aus der Marche, aus Umbrien und Apulien. Eine vergrösserte und auf ein Brett aufgespannte Kopie zeigte ein Fischerdorf in der Nähe von Ancona. Die Fische und die Meeresfrüchte bezog Maria offenbar bei einem Fischer aus diesem Dorf. Parmaschinken und Rauchspeck, Salami und Salsiz, aber auch Spaghetti und Ravioli mit verschiedenen Füllungen lagen zum Greifen nahe im Schaufenster. Auf einem Brett standen Gläser mit unzähligen Gewürzen, von denen Winther zum Teil nicht einmal die Namen kannte.

Ein kleiner Winkel im Schaufester war der Familie und der Firma Ramazzotti gewidmet. Auf dem Bild, das beim 200-Jahr-Jubiläum der Firma geknipst worden war, überraschte ihn Maria und neben ihr stand ein grosser, etwas dicklicher Mann, der fröhlich lachte. Sein Bauch war ein kleines Fass. Neben ihm schien Maria geradezu klein. Sie lächelte zufrieden. Den verschiedenen Amaros, die hierarchisch nach ihrem Wert und Gehalt auf einer schmalen, extra konstruierten Holztreppe aufgestellt waren, galt offenbar eine besondere Sorgfalt. Darüber prangte ein Bogen mit Etiketten, mit denen die Firma seit ihrer Gründung im Jahre 1815 für ihre Produkte warb. Die Bologneser Firma feierte 2015 das grosse Jubiläum ihres Bestehens. Maria war dort an der Seite eines Mannes fotografiert worden. Mit seinem welligen Haar und dem braunen Gesicht glich er einem Italiener.

Die Häuser dieser Reihe am östlichen Rand der Stadt waren vierstöckig, einige mit besonders hohen Giebeln. Die lichte Höhe des Geschäfts, das Winther über die Treppe betrat, schätzte er auf ungefähr vier Meter. War das Gebäude eine Weinhandlug, so musste das Haus eine grosse Tiefe mit einem Keller besitzen.

Als Paul die Türe öffnete, klingelte ein Bündel von Klangstäben. Im Verkaufsladen blickte Paul durch eine offene Türe ins Lager, wo zahlreiche Kartons mit Wein lagerten. Ein freundlicher junger Mann erschien und begrüsste Winther, der sich verlegen nach einem Ripasso erkundigte und zugleich fragte, ob Frau Jauch anwesend sei. Er sei ein Bekannter. Der Verkäufer ging durch die Türe und rief ins Lager:

«Signora, un certo signor Winther vuole vedervi.» Nach einer Weile erschien Maria, lachte und fügte in leichtem Ton bei: «Schön, dass Sie hier sind, Herr Winther», und fügte hinzu: «Wären Sie eine Stunde später gekommen, hätte ich sofort Zeit für Sie. Es ist wie verhext. Wir sind gerade wieder einmal dabei, den Lagerbestand zu überprüfen. Es fehlen Weine aus dem Valpolicella und aus der südlichen Toskana. Ich bin dabei, mit dem Lager- und Speditionschef die Lücken zu überprüfen. Wir sind bald fertig.»

Winther dachte leicht verärgert, sie könnte ja den Lagerchef die Sache erledigen lassen. Sein Blick auf Maria aber verscheuchte jeden Groll. Liebenswürdig fügte sie hinzu, er solle sich ein wenig umschauen, und bat ihn nachher, in einem nahen Restaurant auf sie zu warten. Paul entschuldigte sich. Er habe vergessen, genau zu sagen, wann er sie besuche. Dass sie die angefangene Arbeit fertigstellen wolle, verstehe er.

Paul schaute sich lange im Geschäft um, unterhielt sich mit dem jungen Verkäufer, der dann ins Lager ging und die Chefin orientierte, dass Herr Winther im nahen Restaurant «Sonne» auf sie warte. «D'accordo!», sagte sie. Sie kam noch schnell in den Laden und sagte zu Winther: «A presto.»

Paul ging und nahm Marias Lächeln mit. Er sprach nochmals eine Weile mit dem jungen Verkäufer und wunderte sich, dass er mit Frau Jauch Italienisch redete. Dieser hatte sich mit ihm nämlich in akzentfreiem Schweizerdeutsch mit Zürcher Akzent unterhalten.

Paul kaufte noch einen Karton Ripasso und trug ihn zum Auto, das er vor dem Geschäft parkiert hatte. Dann spazierte er gemütlich, aber etwas enttäuscht, zur nahen «Sonne». Was war das für eine Frau! Sie hatte eine starke Ausstrahlung. Von ihrer Präsenz lebte wahrscheinlich das Geschäft. Er spürte, dass der junge Verkäufer sie verehrte. Das Geschäft hatte sie nach ihrem Geschmack gestaltet. Da gab es keine Ecke, die zufällig wirkte. Allerdings, hatte sie kurz hingeworfen, wolle sie bald die Fenster neugestalten. Die Erinnerung an Ramazotti müsse weg und die Fassade werde sie auffrischen lassen. Aus Pietät zu ihrem Mann habe sie nichts geändert.

Nach einer halben Stunde erschien Frau Jauch in der «Sonne». Paul stand auf und begrüsste sie herzlich. Sie gefiel ihm besser als auf dem Foto der Website. Sofort ergab sich ein lebhaftes Gespräch über ihr Geschäft, über den Verkäufer. Er habe sich gewundert, dass sie Italienisch mit ihm sprach. Es handle sich bei Claudio Serrante um einen Secondo, der in Winterthur zweisprachig aufgewachsen sei. Seit er im Geschäft arbeite, würden sie Italienisch sprechen. Das verlange sie von ihm, damit sie die Sprache üben könne. Leider habe sie nicht den ganzen Abend Zeit, denn sie gehe mit einer Freundin ins Kino. Sie habe vergessen, es ihm mitzuteilen.

Nachdem Maria Platz genommen hatte, schlug Winther vor, sie könnten sich zum vorgesehenen Zeremoniell an einem schönen Ort treffen und gerade einen Termin reservieren. Allein Frau Jauch fackelte nicht lange und schlug vor, den Moment zu packen, um das Du-Sagen zu vollziehen. Mit einem Schluck eines Ripasso, den sie gleich bestellte, sei erfüllt, was sie erwarte.

Die kleine Flasche der Firma «Antonio della Torre» schmeckte. Das bauchige Glas läutete mit einem dunklen geheimnisvollen Klang beim Anstossen die Zeremonie ein und das Du war mit dem dreifachen Kuss auf die Wangen vollzogen. Sie plauderten fast eine Stunde über das Geschäft und sie verriet, dass ihr Mann vor knapp zwei Jahren verstorben sei. Nach dem fröhlichen Wortwechsel, der viele Fragen aufwarf, verabschiedete sie sich entschuldigend.

Paul hatte sich eine feierlich gestaltete Szene vorgestellt, aber er war nicht enttäuscht, denn er hatte eine vitale und spontane Frau persönlich kennengelernt. Als sie gegangen war, blieb er sitzen und fragte sich, ob dieses Du eine wahre Freundschaft eingeläutet habe. Er war nicht so sicher, denn dieses Treffen schien ihm trotz des munteren Verlaufs etwas hastig. Ein Zeichen dafür, dass Maria viel zu erledigen hatte? Wo nahm sie also ihre Zeit zu lesen her? Er sagte sich: «Wer etwas will, findet dafür immer Zeit.»

Maria gefiel ihm. Sie sprach frei und offen. Von sich war er enttäuscht. Er benahm sich sehr defensiv. Er war nicht der Paul, der er in den Briefen war. Nach dem Essen in der «Krone», in der er früher schon einige Male gegessen hatte, fuhr er nach Hause. Drei Tage später erhielt er einen Brief.

Lieber Paul,

es ist mir wohl bewusst, dass du ein längeres Zusammensein erhofft hattest. Ich war aber für diesen Abend versprochen. Ich hätte es dir sagen sollen, um dich darauf vorzubereiten. Dass wir uns so schnell das Du gaben, war vielleicht nicht so, wie du es gewünscht hattest. Aber gewisse Dinge haben ein Verfallsdatum, wie ein junger Wein, der nicht für das Lager verzapft wurde. Ich bin sehr dankbar, dass ich dir in die Augen schauen durfte und wir uns nun per du ansprechen können. Das Du drängte sich nach dem intensiven Briefwechsel auf. Du hast vielleicht in meinem Geschäft auch mein Herz gespürt. Das Geschäft ist mein Leben, aber es füllt mich nicht restlos aus. In der «Krone» fühlte ich mich dir sehr nahe. Ich weiss aber nicht, wie sich unser Verhältnis entwickeln wird, denn ich trage eine Last mit, von der ich dir erst erzählen kann, wenn wir uns näher kennen. Du kannst davon keine Ahnung haben. Ich lernte, mich zu beherrschen. Ich will nicht mit der Türe ins Haus fallen. Man muss ja zuerst anklopfen und das habe ich jetzt getan.

Es wird sich bald geben, obwohl ich während des Aprils leider sehr beschäftigt bin. Mein Buchhalter, der zugleich mein Stellvertreter ist, verreist mit seiner Frau nach Lissabon. Sie werden dort Verwandte besuchen. Aber es bleiben uns die Mails und das Telefon. Den einen oder anderen Sonntag würde ich gerne mit dir verbringen. Im Mai aber bin ich frei von der Doppelbelastung. In meinem Leben war vieles die Folge eines Zufalls, auch wie ich meinen Mann Giorgio della Torre kennenlernte. Mit Giorgio erlebte ich eine schwere, aber interessante Zeit, die oft nervenaufreibend war, aber auch fröhlich und lustig sein konnte. Ich hoffe, dass du nicht von mir enttäuscht wirst. Du hast mit deinen Briefen meine Sympathie und das Vertrauen gewonnen.

Ich danke dir.

M

Liebe Maria,

ich habe mir tatsächlich vorgenommen, mit dir in ein bekanntes Restaurant am Rhein zu fahren, um unser Du zu besiegeln. Dein rascher Entschluss aber gefällt mir. Wer ein solches Geschäft führt, muss entschlossen handeln. Der Entscheid, uns zu duzen, war schon vor unserem Treffen gefallen. Dir war wichtig, dass wir uns beim Du-Sagen in die Augen schauen können. So ein virtuelles Du ist doch nichts wert. Schon im Geschäft erkannte ich deinen ästhetischen Sinn. Ich werde nun öfters bei dir einkaufen. Italien ist mir nicht so vertraut und ich lasse mich gerne in die Gastronomie Italiens einführen. Ich besuchte in jungen Jahren mit meiner Frau einmal den Markt in Palermo, den Ballaro und stand sehr lange vor Säcken mit Gewürzen. Benommen von den verschiedenen Düften torkelte ich durch die Verkaufstrasse. Das Gewimmel der Menschen, das Geschrei der Händler und das Meckern und Gackern der lebenden Tiere betörten mich. Vom Fischgeruch bis zum Duft von Blumen erlebte ich einen Sinnentaumel.

Was die Sinne wahrnehmen, ist derart stark und du spürst, dass du bist. Da braucht es das «Ich denke, also bin ich» nicht. Die Sinne sind ja immer vom Geist oder der Vernunft begleitet. Es wird dir bewusst, dass vor allem Denken der Leib schon weiss, dass er ist und du als Mensch bist. Gerne würde ich wieder einmal nach Palermo fliegen. Bei meinem Aufenthalt mit meiner Frau habe ich damals viel verpasst.

P

Paul,

dass du am Schluss deines Briefes ins Philosophieren geraten bist, gefällt mir. Der Alltag lässt mir dafür nur wenig Zeit. Zwar habe ich einige Bücher gekauft, die sich mit dem Sinn des Lebens und dem Streben nach dem Glück beschäftigen. Mir scheinen diese Bücher eher oberflächlich. Sie sind eine Art Gebrauchsanweisung für ein ordentliches Leben. Oft sind sie voller Positivitäten, als ob das Leben, wenn man es nur richtig anfasst, ein schöngeistiges Fest wäre. Wer tiefen Schmerz erlebt hat, wird ihn mit sich herumtragen und ihn durch Lesen nicht einfach fernhalten können. Dass der Leib mehr weiss als der Verstand, leuchtet mir ein. Was ich als Kind erfuhr und nicht reflektieren konnte, brennt noch immer in mir. Die Freiheit des Denkens musste ich auf einem langen Umweg erobern. Und vielleicht, lieber Paul, lebe ich noch immer in der Abhängigkeit einer nicht ganz bewältigten Vergangenheit. Auch kann ich mich nicht einfach von meinem Geschäft mit den vielen Verpflichtungen lösen.

M.

Anfang April

Den letzten Satz notierte Maria bewusst. Sie begehrte nicht, dass Paul allerlei Vorstellungen und vielleicht sogar Vorurteile ersann oder wie er schon einmal sagte, das Denken erfinde. Das war gut, denn schon der nächste Brief enthielt besorgte Anklänge.

Paul stak in Verlegenheit. Er sah, wie fachkundig sie ihr Geschäft führte. Noch mehr aber bewunderte er Marias Schrift. Sie besass einen eleganten Stil und sie offenbarte ihre tieferen Bedürfnisse. Ihre Tätigkeit, dachte er, gebe ihr fraglos Sinn. Nun sprach sie davon, dass das, was vergangen sei, noch auf ihr laste. Was konnte das sein? Dieses knappe Geständnis nahm er als ein neu gewonnenes Vertrauen entgegen. Aber worum ging es?

Was er in ihrem Geschäft erfahren hatte, schien frei von Belastung zu sein. Sie würde sicher für ihr Geschäft viel Anerkennung und Lob erfahren. Der jugendliche Verkäufer, Claudio, strahlte eine Freude aus, die nicht von ungefähr komme, sagte er sich. Mit dem gut gehenden Geschäft stehe Maria auf festem Grund und Boden. Mit Büchern zum Glücklichsein werde sie den Sinn ihres Lebens nicht erfahren, im Grunde liege er im vernünftigen Tun und Engagement. Wer etwas von Bedeutung tue, das auch anderen diene, mache das Leben sinnvoll. Es zeuge von Humor, wenn sie sich den Spass erlaube, die Leute nach der Typologie von Statue und Schale zu schubladisieren.

Da Maria in diesem Monat April zusätzlich die Arbeit ihres Stellvertreters übernehmen müsse, würden sie nur wenig Zeit für sich übrighaben. Da könne er endlich seine Reise nach Paris unternehmen.

Mit seinem Freund Hans Hodel hatte er schon vorher geplant, die Paris-Reise im April auszuführen. Paul teilte seine

Absicht Maria mit. Nun füge es sich gut, dass sie viel zu tun habe und der Mai in Aussicht stelle, dass sie gemeinsam etwas unternehmen könnten. Ihre Äusserung, dass ihr Leben Umwege genommen habe, die am Ende zum Besitz der «Weinhandlung Della Torre» führte, würde Paul auf die Fahrt nach Paris begleiten.

Es trifft sich gut, liebe Maria, dass ich mit Hans Hodel nach Paris fahre. Bin ich zurück, würde ich gerne mit dir nach Bad Ragaz fahren und zur Taminaschlucht wandern. Schon einmal war ich dort und war beeindruckt von der Gewalt des Wassers.

Hans kennst du dem Namen nach. Er bereitet die Reise sorgfältig, ja, vielleicht etwas zu minutiös vor. In Paris möchte ich Spielraum haben, um zu improvisieren. Hans und ich verstehen uns gut.

Paul

Am Abend des 10. April rief Maria an. Sie freue sich auf die Wanderung zur Taminaschlucht. Er solle sich in Paris nicht vertun. Sie selber habe nie Zeit gefunden, diese von Kultur und Leben strotzende Stadt zu besuchen.

Paul bedauerte, dass sie so viel arbeiten müsse. Ob sie nicht eine Aushilfe anstellen könne, die ihr beispringen würde. In ihrem Geschäft sei das eher schwierig. Bis eine Aushilfe eingeführt sei, sei der Stellvertreter schon wieder auf seinem Posten und erledige die Arbeiten routiniert. Sie übergebe Claudio Serrante einige Aufträge, damit er sich mit dem Geschäft vertrauter machen könne. Auch habe sie ihrer Haushaltshilfe einige zusätzliche Aufgaben anvertraut, die sie sonst gerne selber erledige. Paul verzichtete, an Andeutungen anzuknüpfen, die Maria beiläufig fallen liess. Er spürte wohl, dass dies nicht der Moment sei, denn diese Frage hätte zu weiteren geführt. So verabschiedete er sich am Telefon. Er werde ihr einige SMS schicken. Er reise morgen früh ab und wünschte ihr viel Kraft.

Es dauerte dann lange, bis ein SMS eintraf. «Aus den Augen, aus dem Sinn», durchfuhr es Maria. Als er sich nach Tagen meldete, las sie: «Wir sitzen an der linken Seite der Seine vor einer feinen Tafel. Es gibt nach dem Besuch des Centre Pompidou viel zu verdauen.» Maria antwortete knapp: «Lass es dir gut gehen! Hier ist alles o.k.!» Paul fand die Antwort sec und sie enttäuschte ihn. Bald aber tadelte er sich. Wie sollte er nach seiner knappen Mitteilung ein Anrecht auf eine längere Reaktion erwarten. Zudem konnte Maria nicht wissen, dass sie bald Flugpost bekommen würde.

Liebe Maria,
wir sind wahre Kunst- und Kulturpilger, streng nach dem Plan von Hodel. Das Musée d'Orsay, ein ehemaliger Bahnhof, ist der klassischen Moderne gewidmet und wird sehr gut besucht. Die ehemaligen Bahnhofhallen geben dem Museum ein historisches Flair. Hier sind die Meister des Impressionismus in einer Fülle versammelt, wie ich sie noch nirgends gesehen habe. Es ist überwältigend. Ich stosse

hier auf Malerinnen und Maler, deren Namen mir nichts sagen, die ich aber ausgezeichnet finde. Es wundert mich allerdings nicht, dass das Museum die grossen Maler wie Manet, Monet, Toulouse-Lautrec, Paul Gauguin, Modigliani und Picasso an den bevorzugten Plätzen ausstellt. Ich entdeckte gerade auch Camille Pissarro. Impressionisten werden ja auch oft in der Schweiz ausgestellt und finden grossen Zuspruch beim Publikum. Das Auge betrachtet gerne, was es schon kennt oder zu kennen glaubt. Ich stand heute lange vor Monets *Frühstück im Grünen* und träumte. Ich konnte den Gedanken nicht verscheuchen, einmal mit dir auf einer farbigen Decke im Grünen zu sitzen und einen Champagner aus der mitgebrachten Tasche zu zaubern. Man sollte einen moussierenden Wein auch einmal draussen trinken, wo die Natur moussiert. Ich werde mir einen Katalog kaufen, damit ich dir anhand von Bildern zeigen kann, was mich beeindruckt. In der ehemaligen hohen Bahnhofhalle mit seiner Bogendecke sind Skulpturen von hervorragenden Bildhauern, nicht nur von Rodin, ausgestellt. Den Besuch des «Moulin Rouge» will ich nicht unterschlagen. Hans meinte, die Show sei etwas abgedroschen, ich fand sie gut und sehr spritzig. Die Tänzerinnen mochten etwas Leidenschaft vortäuschen, aber sie boten sportliche Höchstleistungen. Hans gilt diese Art der Unterhaltung wenig. Ich erwiderte ihm, wenn wir schon in Paris seien, sollten wir auch die grossstädtische Folklore geniessen.

Dass er bei einem festlichen Mahl als Vorspeise den Salat den Austern vorzog, überraschte mich nicht. Das charakterisiert ihn. Ich neckte ihn und er antwortete, er wolle kulinarisch nicht die gleich hohe Stufe erreichen wie ich, der in den Austern einen besonderen Genuss finde. Er bestellte dann als Hauptgang eine Saltimbocca mit Risotto, während ich mich Meeresfrüchten hingab.

Liebe Grüsse aus Paris

P.W.

Im Übrigen geizte Paul mit Meldungen. Als er nach zehn Tagen zu Hause ankam, telefonierte er Maria und erzählte recht summarisch, was er mit Hans erlebt hatte. Hans habe ihn unablässig an verschiedene spannende Orte geführt. Auch der Louvre habe nicht fehlen dürfen.

«Vor der *Gioconda* des Leonardo da Vinci stand eine so dicht drängelnde Gruppe, dass ich die Geduld nicht aufbrachte, bis ich das zurückhaltende Lächeln der Mona Lisa zehn Sekunden bewundern durfte. Hans sagte ganz enigmatisch, wer nicht warten könne, erfahre das Erwartete nicht. Das war schon fast philosophisch und er hatte wohl recht. Ich antwortete, er solle ruhig in der langen Reihe stehen, er finde mich in der ägyptischen Sammlung wieder. Die ägyptische Kunst, in der das Göttliche wie eine Chiffer der Transzendenz aufleuchte, gebe mir mehr Rätsel auf als das Lächeln der Mona Lisa, rechtfertigte ich mich, als er zu mir stiess. Er war entsetzt und meinte, ich würde mir selbst widersprechen. Er kenne mich zu gut. Am Abend des 20. April habe ich versucht, Hans zu bewegen, in eine Kneipe in der Nähe des Montmartre zu gehen. Er schaute in einige kurz hinein. Sie waren ihm zu schummrig und rochen von abgestandenem Rauch. Es kam beinahe zu einem Streit. So bieder, sagte ich, wolle ich Paris nicht verlassen. Nach einem längeren Gezänk betraten wir leider eine Brasserie, die auf Touristen ausgerichtet ist. Solche Lokale mag ich nicht. Hans spielte den ehemaligen Chefredaktor und ich suchte keinen Streit. Schade, warf ich Hans vor, wir würden einen Teil des Pariser Kolorits verpassen. Es gebe doch so viele Lokale, wo Künstlerinnen und Künstler, Lebemänner und Lebefrauen verkehrten, sodass man erst dann das wahre Theater des Lebens erlebe. Dies alles beeindruckte Hans nicht. Er hatte ein Programm und dieses galt es abzuspulen. Manchmal blieb ich einfach auf einem Platz sitzen, beobachtete das bunte Treiben und versprach Hans zu warten, bis er komme.»

Maria hörte stumm zu. Plötzlich meinte sie, Hans habe einen Satz gesagt, der weise sei. Das Warten-Können lohne sich manchmal. Sie habe schon, bevor sie ihm den ersten Brief geschickt habe, einige Briefe entworfen, sie aber dann zerrissen. Ihr habe der Mut gefehlt. «Was bedeutet die Bemerkung von Hans, er kenne dich?» Paul lenkte ab und Maria fragte nicht nach.

In Pauls Briefkasten lag ein Brief, den er nicht herausgriff, weil er Zeitungen und Zuschriften auf der Post lagern liess. Maria war nach Glattfelden gefahren, um Paul mit dem neuesten Flyer ihres Delikatessenladens und den aktuellen Weinofferten willkommen zu heissen. Sie stellte eine Flasche Ripasso in den Briefkasten. Auf der Karte stand: «Hier ist nicht Paris, der Süden ruft.» Maria war verwundert, dass Paul das Geschenk nicht ansprach, aber sie schwieg. Paul las den Brief am folgenden Tag.

Paul, ich möchte dir herzlich danken für deinen Brief aus Paris und für das SMS. Was ich nicht schön finde, ist, dass du Hans, weil er mit Meeresfrüchten wenig anfangen kann, quasi als Salatesser hinstellst. Ich bin kein Verächter von Austern. Ich verkaufe sie auf Bestellung in meinem Geschäft. Selber liebe ich sie nicht besonders. Du wirst also nicht von mir verlangen, mit dir Austern zu essen. Es wäre auch nicht angenehm, wenn du mich deswegen als Geniesserin herabstufen würdest.

Schön aber ist, dass du wieder in der Nähe bist und die etwas trockene Zeit unseres Schweigens dahinfällt. Dass ich dir wenig geschrieben habe, könntest du mir zum Vorwurf machen. Das Geschäft forderte mich so sehr, sodass ich mich jeden Abend todmüde ins Bett fallen liess. Ich war an einigen Fronten gefordert. Bevor ich einschlief, dachte ich, was Paul gerade im gefährlichen Paris unternehme. Wenn er mir lange nicht schreibt, dann halte ich mich auch zurück, zürnte ich dir. Überrascht war ich, dass ein leiser Trotz in mir herrschte. Er war nicht berechtigt. Inzwischen ist er verflogen und ich bin einfach froh, dass du heil zurückgekommen bist. Zum Glück kommt mein Stellvertreter etwas früher heim als vorgesehen.

Ich grüsse dich herzlich und bekenne, dass unser Austausch mich seltsam süchtig gemacht hat. Ich möchte immer etwas von dir hören. Fehlt eine Notiz, kommt es mir vor, als wäre ich auf Entzug.
Maria

Der Brief, der mit einem Vorwurf begann, überraschte Paul und machte ihn ein wenig stutzig. Nachdem er ihn ein zweites Mal gelesen hatte, antwortete er und verteidigte seine Meinung über Hans.

Liebe Maria,
oft dachte ich, wie schade es sei, dass ich nicht mit dir Paris entdecken kann. Ich stellte mir vor, wir würden gemütlich auf einem Platz sitzen und verdauen, was wir in einem Museum gesehen hatten. Wir hätten unsere gegenseitigen Vorlieben kennengelernt und über unser Leben sprechen können. Wir kennen unsere gegenseitigen Geschichten nicht. Paris wäre ein Katalysator geworden, der geklärt hätte, was uns beschäftigen muss. Nein, Hans ist ein guter, unterhaltsamer Freund, aber eben mehr wissbegierig als lebensbegierig. Zwar trinkt er gern ein Glas Wein und wenn er zwei getrunken hat, wird er sehr gesprächig. Er hielt an seinen Reisezielen fest. Da war er sehr konsequent, leicht stur. Ich wunderte mich nicht, denn er betreut im *Schaffhauser Volksblatt* inzwischen das Ressort «Wirtschaft» und schreibt gelegentlich über historische Ereignisse. Das Moulin Rouge gehörte nicht zu einem sei-

ner Reiseziele. Ich musste es ihm abtrotzen. So standen also die Aktien. Nun bin ich wieder da und freue mich, dich zu sehen. Dein neuer Prospekt ist feinsinnig gestaltet und lockt, dein Geschäft zu besuchen. Du wirst froh sein, dass dein Stellvertreter etwas früher aus Portugal zurückkommt, als er vorgesehen hatte.
PW

Lieber Paul,
ich sitze hier in Malans an der Sonne. Am Nachmittag findet im Weingut «Donatsch» eine Degustation des letzten Jahrgangs statt. Ich habe in der Gaststube «Zum Ochsen» gegessen. Wenn es einen Geburtstag zu feiern gibt, lade ich dich ein, ihn hier zu begehen. Mich begeistern die alten Stuben und Räume. Sie schaffen mit ihren Holzwänden, den Buffets, den Tischen und Stühlen eine heimelige Atmosphäre. Auch der Wein, den ich getrunken habe, passt zum Raum. Es ist, als röche ich in ihm Arvenholz. Du weisst, dass es schwer ist, den Wein mit Eigenschaftsworten zu beschreiben, deshalb finden Kenner jeweils Vergleiche. Nach dem Dessert hatte ich eine halbe Stunde Zeit, sass hier im Weingut auf einer Bank und las deinen Brief, der wie eine Entschuldigung tönt. Dabei habe ich nichts zu fordern und du brauchst nichts zu gestehen, was du nicht willst.

Was ich dir bei dieser Gelegenheit gestehen muss, Giorgios Sortiment der Weine war viel umfassender als das meine heute. Er verkaufte viele Schweizer Weine, aber

auch zahlreiche ausgewählte Franzosen und Spanier, von den Italienern abgesehen. Als er gestorben war, konzentrierte ich mich auf die Italiener, weil mir immer vorschwebte, ein Geschäft zu führen mit italienischen Spezialitäten. Ich liebe Italien und seine Küche. Ich glaube, die Kunst des klugen Kochens haben die Italiener erfunden. Die französische ist mir zu ausgeklügelt. Den Malanser behielt ich am Lager. Zur Firma in Malans hatten Giorgio und ich eine besondere Beziehung. Wenn wir sonntags nichts vorhatten, fuhren wir oft nach Malans und assen im «Ochsen». Uns verband mit der Familie eine lose Freundschaft, die ich mit dir wiederbeleben möchte. Der Malanser ist der einzige Wein aus der Bündner Herrschaft, den ich noch führe.
M.
Von meinem iPhone

Dem Rebstock, liebe Maria, gehört meine tiefste Verehrung und meine höchste Achtung unter den Pflanzen, nicht etwa, weil ihn Dionysos den Griechen gebracht hat und sie hiess, ihn zu hüten und zu pflegen. Nein, weil er über den Winter auf den Stock geschnitten, sich im Frühling unglaublich entfaltet und bis zum Herbst jene Frucht reifen lässt, die im Wein ihre Vollendung findet. Du hast am Lager köstliche Weine, von denen wir schon einige probiert haben. Ich kann mir gut vorstellen, wie die Weinprobe in Malans zu schönen Gesprächen führt und du im Mittelpunkt stehst.
P

Maria überraschte diese Huldigung der Rebe. Sie hatte Paul nicht als besonderen Weingeniesser erlebt. In diesem Satz las sie eine Begeisterung, von der sie nicht wusste, ob er dem Wein oder ihr galt. Sie schien ihr überschwänglich. Klang da am Schluss nicht auch ein wenig Eifersucht mit? War Paul ein echter Weingeniesser? Bis anhin hatte sie jeweils den Wein ausgewählt, wenn sie sich in einem Lokal trafen. Er schien ihr einen zu schnellen Schluck zu haben. Sie kannte Paul eigentlich nur durch seine Briefe und die Texte, die sie gelesen hatte. In den eher flüchtigen Gesprächen konnten sie sich nicht kennenlernen. Maria überlegte sich, wie sie Paul mehr von ihrem Leben erzählen könnte. Sie stand vor einer Art Gretchenfrage. In der obersten Klasse des Gymnasiums hatten sie *Faust I* gelesen. Sie erinnerte sich an die Stelle, an der Gretchen fragt: «Nun sag, wie hast du's mit der Religion?» Die Frage wühlte sie damals auf und wenn Paul sagen würde: «Nenn's wie du willst, Gefühl ist alles», wäre sie enttäuscht. Sie würde gerne mit Paul über die Frage reden. Wenn dies nicht möglich wäre, würden die Gefühle wohl langsam ausdünnen. Über eine wesentliche Seite des Lebens muss man mit vertrauten Menschen sprechen können.

Lieber Paul,
mit Superlativen schreibst du über den Rebstock. Es klingt fast, als wäre er das Höchste im Leben. Ich denke, es gibt Dinge, die den Rebstock und den Wein überschwingen. Wein ist ein Genussmittel. Für mich gehört er zu den angenehmsten. Dass ein gut gekelterter und gepflegter Wein

einen hohen Preis hat, scheint mir selbstverständlich. Dahinter steckt eine grosse, unermüdliche Arbeit. Ich urteile Menschen gerne nach der Art, wie sie einen kostbaren Wein trinken. Im Grunde ist «trinken» das falsche Wort. Er muss gekostet werden. Ein Barbar ist, wer einen Amarone oder einen Vigorello San Felice in kräftigen Schlucken hinunterspült. Beim Weinkosten erhält man eine Ahnung, wie der Mann und die Frau die Werte des Lebens schätzen. Dem Wein sollte man achtungsvoll begegnen, so ähnlich wie dem Menschen. Mich interessiert eine Frage ganz besonders, die wir bis heute ausgeklammert haben. Sie wird dich an einen literarischen Text erinnern: «Sag Paul, wie hältst du es mit der Religion?»

M

Anfang Mai

Der Rebstock, liebe Maria, den ich bewundere, ist mir eine Metapher für ein gelingendes Leben. Jeder sollte aus seinem Leben etwas Fruchtbares machen. Darum habe ich Menschen, die Grosses geschaffen haben, immer bewundert. Natürlich geht es nicht nur um das Grosse. Es geht einfach darum, dass das eigene Leben in der Gemeinschaft fruchtbar wird. Du forderst mich heraus, dir eine Frage nach der Religion zu beantworten. Ich möchte in diesem Brief nicht darauf eingehen, denn was ich über den tiefsten Sinn des Lebens denke, kann ich nicht in einigen Sätzen schreiben. Vielleicht aber gibt der Rebstock bereits eine Antwort. Wie der Wein berauscht, so kann es auch die Religion. Ich bin ein Skeptiker in religiösen Dingen. Religion ist für mich nicht das Fundament des Lebens.

P

Paul hatte sich eine eigene Philosophie zurechtgelegt. Er entschloss sich, Maria etwas erleben zu lassen, was sie überwältigen konnte. Nach diesem Erlebnis würde er ihr erklären, was er von den letzten Dingen denke. Schopenhauers Werk *Die Welt als Wille und Vorstellung* galt ihm als Lebensbuch. In den nachgelassenen Werken, vor allem in *Senilia, Gedanken im Alter*, auch in *Spicilegia*, fand er in kurzen zusammenfassenden Tagebucheintragungen Inhalte des grossen Werkes in einfachen Worten wiederholt und erklärt. Paul dachte, der Schopenhauer'sche Wille stelle die metaphysische Quelle allen Lebens dar. Ob er Maria davon überzeugen könne, blieb offen. Am Rebstock könne man das ewige Drängen, Stossen, Hervortreiben allen Lebens bewundern. Er sei für ihn eine der schönsten Metaphern für die drängende Kraft in ihm selbst. Die im Samen eines Lebendigen vorhandene Lebensgestalt, die sich entfaltet, bleibt für ewig ein Wunder. Wenn er mit Maria über seine Lebensauffassung spreche, möchte er sorgsam vorgehen, weil es für Menschen, die eine christliche Erziehung genossen, nicht leicht zu verdauen ist, was und wie er denke. Er würde Maria zur Taminaschlucht führen, ihr ein Exposé seiner Philosophie übergeben, um mit Maria darüber sprechen zu können.

Er rief sie an und schlug vor, endlich die Wanderung zur Taminaschlucht zu unternehmen. Er werde dort gerne mit ihr über die aufgeworfene Frage diskutieren. Das Erlebnis dieser Schlucht schaffe eine gute Stimmung für ein so wichtiges Gespräch.

Maria hatte am nächsten Sonntag Zeit für die Wanderung. Es war der zweite Sonntag im Mai. Sie freute sich und sagte, sie möchte nicht allzu früh aufbrechen. Paul aber bestand darauf, dass der taufrische Morgen, vor allem nach dem langen Regen der letzten Woche und dem warmen Wochenende mit viel Sonne, besonders schön sei. Wenig Leute seien unterwegs. Die Ruhe werde ihr behagen. Schimmere das Licht durch das dichte Laub, entstehe eine besinnliche Stimmung und ein sonntäglicher Friede bemächtige sich den Wanderern. Sanft steige der Weg von Bad Ragaz hinauf zur Schlucht. Die Buchen, noch frühlingsfrisch, verströmten im Licht der Sonne einen Zauber, wie man ihn selten erlebe. Die Natur halte eine besinnliche Ansprache, die eine Predigt in der Kirche ersetze. Man müsse nur auf ihre Sprache hören. Lebhaft würden die Vögel konzertieren. Das sei ein Vorspiel zum Erlebnis, das den Menschen bei der Schlucht ergreifen könne.

Diese poetische Beschwörung eines möglichen Erlebnisses überzeugte Maria. Sie war einverstanden mit seinem Vorschlag. Er solle um acht Uhr auf dem Parkplatz bei ihrem Geschäft sein. Sie fahre mit ihrem Auto.

Nach der Abmachung setzte sich Paul ans Pult und begann eine Art Konfession zu verfassen, die er Maria nicht schickte. Sie sollte den Text oben bei der Taminaschlucht lesen, nachdem sie in das rauschende Dunkel hineingeschaut hatte. Wie in Trance schrieb er an dem Text.

Am Sonntag, eine halbe Stunde früher als abgemacht, fuhr Paul auf den Parkplatz, schrieb ein SMS, teilte mit, dass er bereits unten warte. Die Antwort kam sofort: «Ich komme hinunter.» Sie wohnte im Obergeschoss des Geschäftes.

Auf der Fahrt nach Bad Ragaz sprachen sie wenig. Maria entschuldigte sich. Am Morgen brauche sie eine gewisse Ruhe im Wissen, dass sie am Tag viel zu reden habe. Wenn sie früh einen Augenschein unten im Geschäft nehme, beschäftige sie sich oft mit der Auslage in den Schaufenstern. Sie lasse die Eisengitter hochrollen. Am Rand der Stadt sei Vorsicht geboten. Auch schon sei im Geschäft eingebrochen worden. Das sei während eines Abends passiert, als sie mit Giorgio auf Kundenbesuch gewesen sei. Da sie jeweils erst um neun Uhr das Geschäft öffne, gehe sie nach dem Rundblick nochmals in die Wohnung, esse ruhig das Frühstück und lese Zeitungen.

Paul und Maria redeten wenig im Auto, nur kurze Worte wechselten sie: «Schön, dieser Tag!», oder: «Wir haben Glück mit dem Wetter.»

Die Wanderung zur Schlucht war exakt so, wie sie Paul beschrieben hatte. Die dunkle Schlucht, die sich wie der Eingang in den Bauch des Berges oder in die Unterwelt öffnete, erreichten sie über einen Steg, der tief hinein in den gespaltenen Berg ging. Weit oben in den Flanken der Felswände öffnete sie sich und ein dünner Lichtstreifen brach magisch in die Schlucht ein. Die Wassermassen donnerten aus dem Berg und wurden in das enge Bett der Schlucht gezwängt. Das Wasser hatte über Jahrmillionen am Berg gearbeitet, gebohrt, mächtige Brocken durch die breite Rinne gewälzt und da und dort eine Steinmühle geschliffen.

Paul spürte, dass Maria von Staunen ergriffen war. Immer wieder sprach sie von der Gewalt des Wassers und seiner Kraft, die am Stein schabt und meisselt. Sie atmete tief, hielt still den Atem an und lauschte dem Rauschen der Wassermassen. Es klang wie Orgelmusik in ihren tiefen Tönen. Das Geschehen in der Schlucht hatte die anfängliche Stimmung verändert. Sie flüsterte: «Wie ist das gross, was mit uns ringt ...» Das Gedicht habe sie auswendig aufsagen können und jetzt falle ihr nur gerade diese Zeile ein. Paul zückte sein iPhone und las: «Wie ist das klein, womit wir ringen, was mit uns ringt, wie ist das gross ...»

Nach einer Weile verliessen sie die Schlucht. Im Museum wurden sie in längst vergangene Zeiten zurückversetzt und vergnügten sich im Gedanken, wie Gäste noch bis vor fünfzig Jahren in den Badewannen kurten und das warme, heilende Wasser genossen. Paul spürte, dass dieser Museumbesuch Maria nicht recht behagte. Sie dachte noch immer an die Schlucht und hörte das Rauschen des Wassers.

Sie setzten sich auf eine Bank und Paul übergab ihr den Text, mit dem er auf die aufgeworfene Lebensfrage eine Antwort zu geben versuchte. Er ging zur Seite und liess Maria ihn lesen:

Für Maria

Es ist die Natur, meine Liebe, ohne die nichts ist und wir nicht sind, und da wir Natur sind, sind wir eins in allem. In der Natur herrscht der zähe Wille, Leben hervorzubringen und das Lebendige in unendlicher Vielfalt auszudifferenzieren. Die alten Völker lebten im starken Gefühl des Angewiesenseins auf die Natur. Es herrschte der Gedanke, mythische Wesen hätten Leben entstehen lassen. Der grosse ägyptische König Echnaton, der die Sonne mit Strahlenhänden abbilden liess, erkannte in der Sonne den wahren Gott. Er aber regierte als ihr Stellvertreter, als Sonnenkönig, das Land am grossen Fluss. Die Menschen lebten nach der Wahrnehmung der Sinne, nicht ohne, dass sie erkannt hätten, in ihnen herrsche Vorsicht und Klugheit. Sie waren Heiden und glaubten an unfassbare Kräfte, die sie im Laufe der Zeit Götter nannten. Sie wurden erst vor zweitausend Jahren und später von den Juden, Christen und Mohammedanern gedrängt, an *einen* allmächtigen und allwissenden Gott zu glauben. Sie sollten ihn anbeten und ihm Opfer bringen. Die Überzeugung, dass es einen Gott gibt, der alles schuf, veränderte das Denken der Menschen. Dass es vor dem Christentum schon Hunderte von Religionen gab, die die Menschen für wahr hielten, wurde verdrängt. Dieser vorchristliche Glaube wurde als heidnisch und primitiv denunziert. Das Wissen, dass es schon lange vor dem Christentum gläubige Menschen gab, machte mich zum Skeptiker eines Alleinanspruchs der Kirchen auf die Wahrheit. Jeder Christ wird im Laufe des Lebens erfahren, dass, wenn er in Not gerät, Gott schweigt. Opfer, Gebete und Danksagungen helfen ihm nicht. Er beginnt an Gottes Existenz zu zweifeln. Zu diesen Zweiflern und Skeptikern zähle ich mich. Ich wurde zum modernen Heiden und kein Metaphysiker im traditionellen Sinn. Ich glaube an die schöpferische Kraft der einen Erde und der einen Welt, in der ein voraussetzungsloser Drang herrscht, sich millionenfach zu entfalten. Dieser Drang herrscht auch im Menschen, der von einem tieferen Wollen gedrängt wird, sich eine ihm dienliche Welt einzurichten. Der Mensch ist diesem Drängen pathisch ausgeliefert, selbst dann, wenn er sich als Mitgestalter der Welt empfindet. Das Geschehen beherrscht ihn mehr, als er zugeben möchte. Sein Stolz auf das, was er schafft, ist eine prometheische Tat, die zu einem Verhängnis führen kann. Für mich durchzieht Dankbarkeit mein Leben, dass ich Mensch sein und Staunen darf. Dass sich der Wille zum Leben nach Jahrmillionen langem Abtasten, Vorwärtstasten behauptet hat, ist für mich das wahre Wunder. Der zu erleidende Tod ist im Grunde der Schöpfer des Lebens. Das lehrt uns der Rebstock.

Hier unterbrach Maria die Lektüre, die einfach klang, aber schwierig zu verstehen ist. Wie kann Paul sagen, der Tod sei der Schöpfer des Lebens? Wie meint er das? Nach längerem Sinnen las sie weiter:

Diese Behauptung klingt paradox. Aber hätten die Menschen etwa einen Himmel erfunden, wenn sie ewig leben würden? Der Tod ermöglicht neues Leben und der stets mögliche Tod vor Augen lässt den Menschen eine fantasievolle Ewigkeit erfinden, in der er einst ewig in der Anschauung Gottes leben wird. Wie soll ich das glauben? Mir aber scheint, dass am Ende Lebens die Erde den stolzen Menschen gnädig in sich aufnimmt und später auch alles, was er hervorgebracht hat. Es ist ein ewiger Kreislauf. Diese meine Konfession ist die Antwort auf deine Frage.

Maria schwieg. Lange blieb sie auf der Bank sitzen, blickte zur Schlucht und lauschte dem Dröhnen des Wassers. «Ohne Wasser ist kein Leben, ja, das ist so», begann sie zu reden. «Das sich verändernde Klima beginnt den Menschen zu beherrschen. Ich bin auch ein Kind der Sonne und des Wassers. Mein Gott war abwesend, als mir grosses Leid angetan wurde. Wie sollte ich an ihn glauben?»

Maria war nicht in der Lage, über ihre Empfindungen ausführlich zu sprechen, zu sehr hatten Emotionen sie überwältigt. Sie fragte sich, ob dieser Schopenhauer'sche Wille wirklich der Anfang aller Kreatur sei. Ein leichter Zweifel bewegte sie, aber sie sprach nicht darüber. Sie liess die Gedanken Pauls sich setzen und ruhen. Der gewaltige Eindruck der Schlucht mit der Wucht des Wassers herrschte vor.

Die Diskussion an diesem Tag versickerte bald im hellen Licht der Berge. Maria schien gespannt entspannt und vergass sich eine Weile in den Dingen, die sie vor sich sah. Aufgewühlt vom gewaltigen Eindruck der Taminaschlucht, dem rauschenden Wasser, das sich aus dem tiefen Berg wälzt, glaubte sie Pauls Bekenntnis im Kern zu verstehen, aber der Zweifel nagte an ihr.

Nach einer Weile sagte sie fast andächtig: «Paul ich kann nicht über deine Gedanken sprechen. Ich muss alles, auch das Erlebnis dieses Tages, bedenken.»

Sie gingen den Waldweg zurück zum Auto und fuhren von dort über Pfäfers und Vättis entlang dem tiefgrünen Stausee nach St. Martin. Es erwarteten sie einige alte Häuser. Auf einem von ihnen stand schief ein Türmchen. Eine kleine Kapelle? Unter einem Sonnenschirm setzten sie sich und assen einen kalten Teller mit Käse und getrocknetem Fleisch. Maria bestellte ein Wasser und Paul eine Flasche sauren Apfelsaft. Das Gespräch entzündete sich an dem, was sich gerade vor ihren Augen abspielte. Wanderer kamen, Autofahrer entfernten sich. Das Auge schweifte über die Berglandschaft und weckte im Mund frische Worte über die Schönheit des Ortes. Sie blieben lange sitzen und fuhren spät zurück. Es war Nacht, als sie zu Hause ankamen. Paul fuhr von Winterthur nach Hause. Am übernächsten Tag erreichte ihn ein Brief:

Lieber Paul,
als du dich vor meinem Haus verabschiedet hast, überfiel mich eine grosse, drückende Leere. Du hättest mich umarmen und festhalten sollen wie Apoll, der Ordnung in meine Seele gebracht hätte. Du erschienst mir wie ein Gott, der meine Sinne erfüllte. Mit dem fast mystischen Text hast du mich tief in dein Herz blicken lassen und ich spürte die

Leidenschaft deines Denkens. Ich bin dankbar, dass ich den Text lesen durfte. Du konntest nicht merken, wie es um mich wirklich stand. Als wir von der Schlucht weggingen, zerbröselte mein Ich, es begann sich zu zerstückeln und legte sich in ungeahnten Schichten frei. Ich erlebte in mir verschiedene Ichs, von dem kindlichen bis zu dem, das mich heute dirigiert. Die Gewalt der Natur hatte mich gepackt. Die mächtigen Felswände, die über dem Wasser in die Höhe streben, gegen oben schmäler werden und das Licht in die Schlucht fallen lassen, fesselten mich. Dunkel ging es hinein in das Felsenloch. Ich ahnte die Tiefe und ich stellte mir vor, wie das Wasser bei einem mächtigen Gewitter durch die schmale Öffnung rauscht, tobt, schreit und kracht. Dazu Blitze und Donner über der Bergflanke! Der Spalt im Berg und seine verschlungene Schlucht waren wie ein Sinnbild meines Lebens. Das alte Trauma, unter dem ich jahrelang litt und noch immer leide, erschütterte mich und ich musste darauf achten, dass ich nicht zu weinen begann. Es fiel dir nicht auf, dass ich immer hinter dir stand und mich nicht vordrängte. Ich hörte dir zu und sprach fast nichts. Du sagtest zwar nicht viel, aber wenn du redetest, vernahm ich deine andächtigen, staunenden Worte. Du knöpftest an Gedanken an, die ich in deinem Text gelesen hatte. Ich wusste in diesem dramatischen Augenblick, warum ich dir damals sagte, mir würden poetische Einschübe in deinen Texten gefallen. Ich musste an diesem Abend etwas Schönes hören und legte eine Platte mit Mahlers 8. Symphonie und *Das Lied von der Erde* auf.

Ich hatte im Leben viel verdrängt. Als wir durch das alte Bad spazierten und dann sogar – an sich gegen meinen Willen – ins Museum gingen, konnte ich mich auf keinen Gegenstand konzentrieren.

Ich will dir in diesem Brief nicht schildern, was über mir hereinbrach. Wir gingen dann nicht wie vorgesehen nach Malans. Auf der langen Fahrt nach St. Martin blieb ich stumm, dabei zerplatzte ich schier vor Emotionen, die in mir etwas lösten, was so dunkel ist, so tief wie die Taminaschlucht. Als wir etwas Kleines assen, spürte ich die Zärtlichkeit deines Wesens. Du drängtest nicht zu erfahren, wie ich deinen Text fand. Deine Heiterkeit liess mich für den Augenblick vergessen, was das Naturereignis und dein Bekenntnis in mir ausgelöst hatten. Vor bald vierzig Jahren ereignete sich, was mein Schicksal bestimmen sollte. Darüber wollte ich auf keinen Fall zu sprechen anfangen.

Aber heute Nacht, als ich deinen Text wie einen an mich gerichteten Brief nochmals las, überkam es mich und ich entschloss mich, dir anzudeuten, dass ich Einiges zu bewältigen habe. Der Grund, warum ich sehr viel arbeite, ist mir schon immer klar gewesen. Die Arbeit lenkt ab. Der Tod meines Mannes, der meine Geschichte mit Peet immer bagatellisierte, schwemmte Altholz durch mein Gemüt. Du hast mir einmal geschrieben, dass man einen Menschen nur verstehe, wenn man seine Geschichten kenne. Ich werde dir die meinen erzählen. Es braucht Zeit und die habe ich jetzt gerade nicht. Ich hoffe, dass wir Gelegenheit finden, um ausführlich über sie zu sprechen.

Deine dankbare Maria

Paul las den Brief und erschrak. Wer ist Peet und wie verhält es sich mit Giorgio? Er durfte nicht in die Wunde stechen, dass sie unzeitig aufspringen würde. Er wusste nicht, was sie quälte. Bis anhin hatte er nicht einmal eine Ahnung von einem auf Umwegen verlaufenen Lebensweg. Von Umwegen hatte sie oft gesprochen, aber was bedeuteten sie? Was ihm schon aufgefallen war: Maria wich einer physischen Annäherung aus. Küsse waren immer Wangenküsse. Vielleicht aber hatte dies mit dem Tod ihres Mannes zu tun? Paul kannte ihn nur von dem einen Bild im Schaufenster. Wer Giorgio war, blieb bis anhin unbeantwortet. Was sollte er schreiben? Er konnte doch nicht Fragen stellen, auf die sie gezwungen war zu antworten. So beschloss er an dem Gedanken anzuknüpfen, dass das Leben ein Geschehen sei. Wenn er so vorging, konnte er sie vielleicht dazu bringen, dass sie über sich ausführlich zu reden beginnen würde. Er hätte natürlich auch darüber sprechen können, wie er sich von seiner Frau, oder ehrlicher, wie sich seine Frau von ihm trennte. Vielleicht aber blieb das Hinauszögern der bessere Weg?

Maria, du warst beeindruckt von der Schlucht und nanntest, was du erlebt hast, ein Ereignis. Das Wort verrät, dass dir etwas Bedeutendes zugestossen ist. Es geschah dir. Du konntest es nicht konstruieren. Die Schlucht kannst du betreten, die Wassermassen aber, die deine Tiefe aufwühlten, betrafen dich auf überraschende Art und Weise. Es geschah einfach. Wir legen oft zu wenig Wert auf die Passivität und erleben uns meist als aktiv. Das Denken selbst ist mehr Geschehen als Aktivität. Es denkt unaufhörlich in uns. Es lässt uns selbst im Traum nicht los. Das Denken ist ein nicht zu stoppender Strom. Es beschäftigt sich mit all den Dingen, die uns ein Problem oder eine Frage sind. Nimm ein einfaches Beispiel, etwa die Sehnsucht. Sehnsucht haben, kannst du nicht wollen. Sie befällt dich. Das Sehnen ist ein ahnungsvolles Drängen in dir. Die Sehnsucht nach Glück ist irgendwie immer schon da. Entsprang der erste Brief, den du mir geschrieben hast, nicht einer unbewussten Sehnsucht nach Entsprechung mit einem anderen Du? Ähnlich kann das Heimweh den Menschen überwältigen. Auch die Liebe ist ein Geschehen. Die Franzosen sprechen von «tomber l'amour», was so viel heisst wie «in die Liebe fallen». Wenn man bewusst springt, spricht man nicht von Hineinfallen. Natürlich handelt der Mensch auch ganz rational. Er erobert die Welt, er macht sie sich zunutze. Er beutet sie aus. Was aber treibt ihn dazu? Der Hunger, der Wunsch nach Sicherheit, die Neugier, das Machtstreben? Er wird von ihnen angetrieben. Noch ein letztes alltägliches Beispiel: Den Schlaf kannst du nicht erzwingen. Das Einschlafen geschieht. Der Mensch hat freilich Mittel erfunden, den Schlaf herbeizuführen.

P

Maria las den Brief leicht verdutzt. «Was redet Paul daher? Will er mich belehren? Will er ablenken? Er findet kein Wort über meine Andeutungen. Er verschweigt, nach dem zu fragen, was ich ihm preisgeben will. Nimmt er mich nicht ernst?» Je länger sie über seine Worte nachdachte, desto bedrängter fühlte sie sich zu bekennen, was ihr geschah. «Du dummes Ding», sagte sie, «wie hat dich die erste Liebe verführt, ja geradezu überfallen. Ich war diesem Studenten hilflos ausgeliefert.» Was Paul Geschehen nannte, vermischte sich mit dem, was sie erlebt hatte. Auf einmal begann sie zu philosophieren. Stand der «Wille» Schopenhauers wirklich am Anfang der Welt? Das schien ihr nicht wahrscheinlich, denn sonst könnte man diesen Ur-Willen ebenso gut Gott nennen. Es dauerte Millionen, ja wenn nicht eine Milliarde Jahre, bis sich aus den kleinsten Zellen Individuen entwickelten. Also musste das Leben sich aus sich selbst entfalten bis zum heutigen Reichtum. Hatte sie nicht in Physik gelernt, dass es in den Zellen Protonen und Neutronen gibt und weitere kleinste Teile wie die Elektronen. Diese ruhten nicht, sondern waren stets in Bewegung und sie suchten nach Gestaltwerdung. In diesem langen Prozess entstanden die Unterschiede und die individuellen Ausprägungen. Der Mensch selbst als das komplizierteste Wesen hatte den längsten Werdegang vor sich, bis er als geistbegabt alles Lebendige überholte. Diese Entfaltung mündete in diejenige Entwicklung ein, die auch Pauls Ur-Wille anstrebte. Sein Drängen und Stossen war in den Dingen ein Geschehen. «War, was mir geschah, nicht auch ein Geschehen, oder ehrlicher, durch das, was ich geschehen liess, entstanden? Nach Paul wäre ich also keiner göttlichen Macht Rechenschaft schuldig. Das mag ein Trost sein.» Am Ende dieses Wachtraums fand Maria sich in Übereinstimmung mit Paul. Diese war ihr wichtig.

Maria rief ihn am Abend um neun Uhr an. Paul wusste, wenn es um diese Zeit klingelte, war es Maria. Er hörte ihrer Theorie gespannt zu. Schopenhauer sehe nicht einen Schöpfungsakt vor, erwiderte er. Der Drang sich zu entfalten, gehöre zum Wesen des Seins. Sei es als Seiendes einmal da, dränge es voran.

Es ging Maria aber nicht um Einzelheiten. Sie hätte Paul gerne berichtet, dass sie mit neunzehn Jahren einen unehelichen Sohn geboren habe. Allein ihr fehlte der Mut. Stattdessen fragte sie, ob er am letzten Sonntag im Mai mit ihr eine Schifffahrt auf dem Rhein unternehmen würde. Paul nahm den Vorschlag freudig auf, obwohl er von Konstanz nach Schaffhausen schon einige Male, auch mit seiner ehemaligen Frau, gefahren war.

Am letzten Sonntag des Monats Mai trafen sie sich am Bahnhof in Winterthur. Die Sonne guckte hinter Wolken hervor und versteckte sich wieder. Es war warm, gerade recht für eine Schifffahrt auf offenem Deck. Paul verbreitete schon im Zug eine unbeschwerte Heiterkeit. Es entstand eine Stimmung, die es unmöglich machte, Lebensthemen zu besprechen. In Konstanz mit vielen Leuten auf dem Schiff blieb es für Maria unmöglich, die Geschichte zu erzählen. Maria hatte sich von ihren geschäftlichen Dingen gelöst. Sie war zu einem Augenblicksmenschen geworden, der anders war als die Geschäftsfrau, die immer im Auge hatte, was erledigt werden musste und was an Bestellungen hereinkam. Sie fuhr mit Paul in entspannter Lebenslust durch den Seerhein und den Fluss nach Schaffhausen. Das Wasser sei immer ein belebendes Element, besonders für sie, die in den Bergen aufgewachsen sei, gestand sie.

Paul war sehr zufrieden, als er sah, dass die strenge Geschäftsfrau spielerisch über alles redete, was sie erblickte. So eine befreite Maria hatte er noch nicht erlebt. Er zweifelte und fragte sich, ob sie nur spiele. Aber Maria hätte nicht Verstecken spielen können, wenn sie mit ihm allein gewesen wäre. Dennoch zeigten sich neue Seiten ihres Wesens. Ihm schien, zum ersten Mal, von ihr selbst unbemerkt, dass sie in ihn verliebt war.

Dieses gemächliche Dahingleiten des Schiffes vorbei an den lärmenden, schreienden Vögeln, die tauchten, flogen und über das Wasser pfeilten, gefiel ihr. Eifrig fotografierte sie. Ihr machten die kleinen Gruppen von Leuten, die friedlich am Rand des Flusses ein Feuer entfachten, Spass. Sie ergötze sich an jungen Kerlen, die vom Gummiboot aus in den Rhein sprangen und stückweit hinter dem Boot herschwammen. Auf einem Stein am Uferrand stand ein Reiher. Er stehe stolz wie ein Personaldirektor, neckte sie. Ein Stechboot wurde rheinaufwärts getrieben und sie fragte, wie diese Tätigkeit genannt werde. Es konnte doch nicht Stechen heissen. Nein! Man nenne es Stacheln. Den Begriff habe ihm sein Freund Hans, mit dem er einmal im ziehenden Wasser unterwegs gewesen sei, beigebracht. Er habe ihn stacheln gelehrt. Es sei nicht einfach, den Weidling im Griff zu halten. Ihm sei er immer entglitten, sodass Hans einspringen musste.

Als ein kleines Motorschiff knallend vorbeipfiff, regte sich Maria auf. Die mögen ja ihr Vergnügen haben, aber der Kerl mit seiner Bikinifrau als Galionsfigur stört. Paul stimmte ihr zu und lenkte sie ab, indem er auf das idyllische Städtchen Diessenhofen mit seinem alten Dorfkern und dem Kloster Katharinental aufmerksam machte. Das Schiff werde bald unter der Holzbrücke durchfahren. Bei Hochwasser müssten die Leute vom Oberdeck in den Innenraum des Schiffes in Sicherheit gehen. Das Schiff müsse sich beim Vorbeigleiten ducken, das heisst, einige Stangen müssten eingezogen werden. Heute beim niedrigen Wasserstand des Flusses könne man ruhig sitzen bleiben.

Paul und Maria sassen auf einer Bank eng beisammen, aber doch so, dass immer eine physische Lücke sie trennte. Wenn Paul sie an sich ziehen wollte, ergriff sie den Fotoapparat, stand auf und knipste ein Sujet. Diese Art der Flucht stimmte Paul nachdenklich. Wäre Maria vorbehaltlos verliebt, hätte sie sich ihm selbst angeschmiegt. Er wollte wissen, was sie hinderte, seine Wärme zu suchen. Paul wurde klar, dass die Zeit gekommen war, ihr Leben auszuloten.

Bei der Anlegestelle in Schaffhausen tranken sie einen Prosecco. «Wir verstehen uns gut», sagte Paul und Maria nickte. «Es war eine schöne, unterhaltsame Fahrt. Wenn du fotografiertest, fragte ich mich, was dich dazu bewegte? Ich weiss wenig von dir. Dass du seit einiger Zeit Witwe bist, hast du mir erzählt. Giorgios Geschichte aber hast du verschwiegen.»

«Auch von dir weiss ich wenig. Ich scheute mich, dich nach deinem früheren Leben zu fragen, und so überspielten wir beide, was wir mittragen. Ich möchte aber diesen für mich so stimmigen Tag nicht mit der Erzählung meiner Geschichte beenden.»

«Ich habe das Gefühl, du weichst jeder körperlichen Annäherung aus.»

«Das ist eben meine Geschichte. Du wirst von mir hören.»

Paul gab sich zufrieden. Er hatte ja seine Geschichten auch verschwiegen und sich bis anhin wenig gedrängt gefühlt, sie zu erzählen.

Als Maria zu Hause ankam, fischte sie Notizen aus dem Computer, die sie vor Jahren, als sie Giorgio kennenlernte, aufgeschrieben hatte. Sie passte sie mit einer aktuellen Einleitung an, damit sie Paul wie einen Brief lesen konnte.

Lieber Paul,

es ist nicht leicht, ein Geständnis abzulegen, aber es drängt sich auf. Gottlob habe ich die Geschichte vor Jahren aufgeschrieben. Es sind Stellen, in denen ich versucht habe, Rechenschaft abzulegen, vielleicht auch, mich zu rechtfertigen. Ich beginne mit einer kurzen Schilderung der engen Verhältnisse in meinem Heimatdorf.

Der Pfarrer war sehr streng, die Mutter religiös, der Vater erzählte Sagen. Ich wusste nicht, was er dabei dachte. Er war Bergbauer, aber er arbeitete zudem, wenn er Zeit fand, in einer Sägerei im Tal. Wir besassen einen kleinen Wald. Vater war schweigsam. Ich glaube, er kam mit dreihundert Wörtern aus, wenn er uns fünf Kinder kommandierte. Trotzdem las er eifrig die Zeitung, erzählte aber nur der Mutter gelegentlich, was er gelesen hatte. Meine Mutter war ehrgeizig. Sie schickte mich ins kantonale Gymnasium. Mit achtzehn besass ich die Matura und ging mit einem mageren kantonalen Stipendium auf die Universität. Eine recht wohlhabend verheiratete Schwester meiner Mutter, die kinderlos geblieben war, unterstützte mich. Ich fand im katholischen Mädchenheim in Zürich ein Zimmer. Auf der Universität irrte ich herum. Ich wusste vorerst nicht, was Studieren heisst.

Ein Kanadier, der vor Abschluss der Studien an einer Dissertation arbeitete, sah mich oft allein und kam auf mich zu. Er war sehr freundlich und er gefiel mir mit seinem englisch klingenden Deutsch. Da er mich immer wieder traf und sogar auf der Uni suchte, verliebte ich mich; und was macht ein dummes Kind vom Land, das nicht weiss, was Liebe ist, es lässt sich verführen. Oft schlich ich in seine Studentenbude und schließlich wurde ich schwanger. Ich war verzweifelt, aber mein Peet wollte nicht, dass ich das Kind abtrieb. Sein Gewissen liess es nicht zu. Ich gebar einen Buben, dem wir den Namen seines Vaters Peet gaben. Damit ich mich zu Hause nicht zeigen musste, sagte ich, dass ich mit einem Stipendium der Universität für ein Jahr nach Strassburg gehen konnte. Meine Mutter war sehr stolz und erzählte es einer Freundin und schon Tage später wusste es das ganze Dorf. Kam ich in den ersten Tagen der Schwangerschaft über das Wochenende noch nach Hause, gratulierte mir das halbe Dorf. Unter diesen engen Umständen musste alles geheim bleiben.

Der grosse Peet aber heiratete mich nicht. Er ging als Dr. jur. Peet White nach Hause. Seine Vorfahren waren vor zwei Generationen aus der Schweiz nach Kanada ausgewandert. Mein Sohn wurde in ein Heim gesteckt. Da sein Vater aus einer wohlhabenden Familie stammte, bezahlte er dem Jungen den Aufenthalt im Kinderheim. Damit war es mir möglich, ein Lizentiat in Volkswirtschaft zu erreichen. Als mein Sohn fünfjährig geworden war, holte ihn sein Vater, der ihn amtlich anerkannt hatte, nach Kanada. Und er blieb dort. Vor einigen Wochen ist er vierzig geworden. Ich habe ihm gratuliert, und er hat mir zurückgeschrieben mit der Bitte, ich solle nach Kanada fliegen. Er wolle endlich seine leibliche Mutter besser kennenlernen. Da ich nicht wegfahren konnte, lud ich ihn ein, in sein Geburtsland zu kommen. Und er kam. Das war vor vier Jahren. Er ist wirklich ein stattlicher Mann geworden. Er ist Unternehmer, der eine gut laufende Schreinerei mit einer Möbelhandlung besitzt. Von seinem Vater, der mich als Mutter nie verleugnete, aber eine andere Frau heiratete, zeigte er Bilder. Ich wundere mich nicht, dass ich seinem Werben damals nicht widerstehen konnte.

Nun also, Tatsache ist, ich habe einen Sohn und er lebt in Kanada. Seit Giorgio verstorben ist, träume ich vermehrt von ihm und wünsche mir, dass er zurückkehrt. Seit er mündig geworden ist, schreiben wir einander von Zeit zu Zeit. Mir scheint Peets Familie lebe in bestem Einvernehmen mit dem Kuckuckskind. Peet II. erinnert sich kaum an Details aus seiner Kindheit in der Schweiz. Einmal schrieb er, er trage zum Teddybären, den ich ihm geschenkt habe, noch immer Sorge. Er spricht recht gut Deutsch, weil die Familie Weiss alias White die deutsche Sprache pflegt. Mit seinem Grossvater habe er immer Schwyzerdütsch reden müssen. Ein bisschen betrachte er seinen Grossvater als Vater, sagte er mir einmal am Telefon. Warum ihn der Vater nach Kanada holte, habe ich erst verstanden, als Peet verriet, dass sein Grossvater ihn als Nachfolger für das Möbelgeschäft wünschte und weil der Herr Doktor-Sohn beabsichtigte, die zwei Kinder seiner Ehe auf die Universität zu schicken.

Am Trauma, dass ich Peet II. verleugnen musste und immer noch muss, trage ich schwer. Weder meiner Mutter noch den Geschwistern gestand ich bis anhin, dass ich ein uneheliches Kind habe. Dass ich bis heute zu feige bin, ihnen meine Geschichte zu erzählen, hängt wohl mit meiner Erziehung zusammen.

Ich bin dir deshalb besonders dankbar, dass du auf meinen ersten Brief geantwortet hast und daraus eine Freundschaft entstanden ist. Die Gespräche mit dir und die Lektüre deiner Briefe werden mir helfen, endlich rei-

nen Tisch zu machen. So also steht die Sache. Mein Weg führte über Umwege zur Situation, in der ich heute lebe. Ich will dir alles erzählen. Dieser Fataccio oder Fehltritt hat mein Leben bestimmt. Es häufte sich im Laufe der Zeit ein Berg von Erlebnissen und Geschichten an, den ich auf meinem Buckel trage. So viel und liebe Grüsse
Maria

Paul reagierte postwendend und schrieb vielleicht etwas zu sachlich und zu trocken, obwohl er tief beeindruckt war.

Liebe Maria,
du hast keinen Nachfolger und Peet könnte einer sein. Da ist die Verlockung gross, zu wünschen, dass er nach Winterthur kommt. Der Vater müsste ihn dir eigentlich gönnen, nachdem er ihn weit über dreissig Jahre lang bei sich hatte. Ihn zu dir zu holen, bräuchte wohl viel Überzeugungsarbeit. Du musst wohl mit einigen Besuchen zufrieden sein. Warum aber hast du so spät deinen Mann geheiratet? Seit bald zwei Jahre führst du nun allein dein Geschäft und hast es in deinem Sinne verändert. Du bist eine attraktive Frau, warum hast du Giorgio, deinen doch etwas gar dicken Mann, geheiratet? Und nun bist du Witwe? Du könntest an jedem Finger einen Mann haben.

Vielleicht sind dies jetzt nicht die Fragen, die dich beschäftigen. Unsere Briefe und Dialoge hatten bis jetzt einen frischen Ton. Wir pflegten einen schöngeistigen Austausch. Trotz der Nähe, die sich in diesen Monaten ergeben hat, bin ich mehr über dein Geschäft und deine Lektüre informiert. Du bist interessiert an Literatur, an gesellschaftlichen und weltanschaulichen Fragen. Du führst dein Geschäft hervorragend. Den Austausch mit interessanten Menschen könntest du auch in einem Lesezirkel finden. Entschuldige meine Neugierde, aber du hast ein Fenster geöffnet zu Fragen, die noch unbeantwortet sind. Mir scheint, wir sind in die Situation geraten, wo wir mehr voneinander wissen müssen. Und jetzt diese grosse Überraschung. Du seist eine Frau der Umwege, hast du schon einige Male gesagt. Sind wir jetzt auf einem deiner Umwege zu dir?

Mit lieben Grüssen

Paul

Etwas enttäuscht über die Reaktion von Paul hatte sie das Gefühl, er verstehe sie nicht oder er wolle verdrängen, was er gelesen habe. Sie brauchte zwei Tage, um den Brief zu verdauen. Aber die Liebe überwand die Frustration.

Auf den Punkt gebracht, ich möchte ans Ende des Umwegs kommen. Was war, ist vorbei, lieber Paul. Warum habe ich Giorgio geheiratet, der viel älter und dazu – das habe ich aber erst zu spät entdeckt – ein Trinker war. Der Alkohol hat ihm den Tod gekostet. Giorgio della Torre hatte eine starke Ausstrahlung und wegen seines Humors war er überall beliebt. Als ich ihn kennenlernte, schien er mir ein guter Typ zu sein. Er war nicht wie einer der Männer, die den Sex suchten und zuerst wissen wollten, wie es in dieser Sache steht. Wir unterhielten uns über sein Geschäft. Ich freute mich an seinem Mutterwitz. Wir pflegten einen fröhlichen und heiteren Umgang, aber er war leider immer hinter einer Flasche her. Im Laufe der Zeit wurde er dick und träge. Er spannte mich immer mehr in sein Geschäft ein. Ich arbeitete damals noch bei einer Zürcher Grossbank, reduzierte aber bald mein Pensum. Als Giorgios Buchhalter kündigte, übernahm ich dessen Stelle. Er schob mir immer mehr Arbeit zu. Ich sollte auch die guten Kunden betreuen. Giorgio wünschte, dass ich mit ihm auf Kundenbesuch fahre. Das gefiel mir recht gut. Er schützte mich vor Männern. Nach dem Drama meiner Studentenzeit beschloss ich, ledig zu bleiben. Den Sohn zu besitzen, zu dem ich nicht stehen durfte, machte mich untröstlich. Und als der Bub dann in Kanada war, hätte ich beinahe Suizid begannen. Trotzdem war ich fähig zu arbeiten. Ich arbeitete noch eine Weile als Werkstudentin in Restaurants, servierte und studierte an der Universität. Bald erlangte ich das Lizentiat in Betriebsökonomie. Männer, mit denen ich Kontakt pflegte, verliessen mich, weil ich ihre intime Nähe ausschlug. Ich fürchtete mich vor zu engen Kontakten, aber ich fühlte mich wohl im Freundeskreis, wenn es nur darum ging, kleine Feste zu feiern, oft in Berghütten, mit Musik und Tanz und mit Übernachten in den Massenlagern. So vergingen die Jahre.

Kennenlernte ich Giorgio an einer Bar, fand ihn nett, zuvorkommend. Er war ein Gentleman und er lud mich manchmal ein, mit ihm ein gutes Restaurant zu besuchen. Seine Frau hatte ihn früh verlassen. Deshalb wurde er ein Spötter über «Weiber», wie er Frauen despektierlich nannte. Bei mir aber beherrschte er sich und behandelte mich nobel. Ich las in der Freizeit Bücher, auch Romane, aber diejenigen, bei denen sexuelle Geschichten dominierten, mied ich. Der Roman *Salz auf der Haut*, den früher alle begeistert lasen, stiess mich ab und faszinierte mich dennoch. Bei dir, lieber Paul, habe ich endlich wieder gespürt, dass mir etwas fehlt. Als du einmal sagtest, wer nicht sinnlich sei, könne nicht dankbar sein, wusste ich genau, was du meintest. Ich hatte Angst, du würdest mich verlassen. Der Besuch der Taminaschlucht war die Wende und das Vertrauen zu dir wuchs. Ich spürte die paradoxe Situation, in der ich mich mit dir befand. Ich glaubte, dass nach einigen Briefen unsere Beziehung wegen meines Traumas hätte scheitern können. Vielleicht, ich gebe es ehrlich zu, gefiel mir der Gedanke, dass du etwas älter bist als ich. Aber du bist derart vital, dass ich nicht glauben konnte, unsere Beziehung würde dauern. Es ist mir mit der Zeit klar geworden, dass es im vorgerückten Alter nicht selbstverständlich ist, jemanden kennenzulernen, der dem eigenen Wesen entspricht. Du hast mir vor wenigen Tagen gesagt, es habe sich eine gewisse Entsprechung in unserem Denken ergeben. Das machte mich stolz und stimmte mich zuversichtlich. Als ich dir den ersten Brief schrieb, schien mir, es gebe eine Übereinstimmung deines Denkens mit dem meinen. Der Text über das Glück war die

Initialzündung. Ich ging das Wagnis ein, dass du mir gar nicht antworten würdest. Aber es kam glücklicherweise anders. Ich danke dir, dass es so ist, und hoffe, dass wir uns weiterhin freundschaftlich verbunden bleiben.
Maria

Paul wollte nicht wahrhaben, dass Maria ihn körperlich ablehne, ja dass sie sogar frigid sei. Er konnte es nicht glauben. Sie habe sich in jungen Jahren völlig naiv verführen lassen und habe wohl den Umgang mit diesem Peet sehr genossen. Ihr Körper war sinnlich, ja vielleicht sinnlich sehr begabt. Wie hätte dieser Jus-Student sie sonst begehrt. Peet stand zu seiner Tat. Er hätte ja tatsächlich auf eine Abtreibung drängen können, der Herrensohn aus Kanada, aber er tat es nicht. Vielleicht stammte er aus einer Familie von Evangelikalen, die strikt nach bestimmten Prinzipien lebt.

Für Paul war klar, dass Scham und Angst die Sexualität stoppen und die libidinöse Erregung ersticken. Verliert der Kopf die Angst, wird der Körper gefügig und sinnliche Liebe wird möglich. Wie im Traum sagte er sich: «Sie ist vollschlank und wirkt als Persönlichkeit sehr attraktiv.» Würde diese grosszügige und neugierige Frau wirklich eine körperliche Begegnung mit ihm ablehnen, würde sie die Beziehung scheitern lassen, dem Eros keine Chance geben? Sie wirkte auf Paul sehr anziehend. Er verhielt sich wartend, bewusst passiv und liess nur schwach sein Begehren aufblitzen. Warum war das so? Hatte sie eine zu edle Ausstrahlung, zu viel Persönlichkeit? Maria musste mit der Zeit spüren und es sogar wissen, dass sich die Beziehung nicht auf einen anregenden Austausch über Bücher und tägliche Dinge reduzieren liess. Je mehr sie gemeinsam unternahmen, desto mehr würden sie näher zusammenrücken.

Einmal hatte Maria beiläufig davon gesprochen, dass sie im Herbst nach Italien fahre, um verschiedene Weingüter zu besuchen. Ob er sie begleiten werde? Paul wünschte, das dies gelinge. Er liebte Italien, kannte das Land aber nicht besonders gut. Die Verheissung blieb lange unbesprochen im Raum hängen. Paul drängte nicht. Er war, wie er sich immer wieder sagte, ein wartender und erwartender Mensch und gebrauchte diesen Ausdruck, den Maria noch nie von jemandem gehört hatte, oft. Was einem zufallen müsse, werde geschehen. Er interessierte sich für Marias Geschäft, für die Produkte, die sie verkaufte. Es waren echte italienische Waren: Biscotti, Mandelkeks, Sfolliatelle Napoletane, Cantucci. Sie präsentierte alle diese Dinge in hohen gerundeten Gläsern, die sie speziell dafür in Italien gekauft hatte. Sie bot auch Fladenbrot an. Nicht alle Produkte beschaffte sie in Italien, sie kaufte einige bei einem italienischen Bäcker in der Schweiz. Weise und klug zu essen, war Mode geworden. Sie empfahl beste Öle, Balsamico und Gewürze, die sie von einem Händler auf Sizilien einkaufte. Trat man in den Laden, verbreiteten sich die verschiedenen Düfte, Parfüms und Gerüche. Für viele Kunden wurde Marias Geschäft zu einem Anziehungspunkt. Sie bot immer wieder neue Waren an, die sie auf ihren Fahrten zu verschiedenen Weingütern, einem Dorf oder einer kleinen Stadt entdeckte. Sie konnte ihren Kunden viel über die Herkunft der Ware erzählen. Maria richtete alles mit ästhetischem Sinn ein, sodass es eine Lust war, Produkte in ihrem Geschäft einzukaufen. Es ergaben sich viele interessante Gespräche mit Kunden. Auch Paul liess sich gerne erzählen, wo sie eine Ware, die er kaufen wollte, entdeckt habe.

Seit Paul von Peet erfahren hatte, war ihm klar geworden, dass Maria unter einem Trauma litt. Maria verriet ihm, dass sie sich lange Zeit nur über Wasser halten konnte, weil sie mit Tagebuchnotizen ihr Unglück beschrieben habe. Sie habe mit ihm darüber nicht reden können, weil ihr die Distanz zum Ereignis fehlte, aber auch deshalb nicht, weil sie nicht gewusst habe, wie er reagieren würde. Sie habe die sich anbahnende Beziehung nicht gefährden wollen. Ihr sei aber bewusst geworden, dass sich ihre Geschichten nicht verschweigen lassen würden. Von Peet zu reden sei schwierig gewesen. Sie hätte gewiss geweint, wenn sie zu früh davon erzählt hätte. Diese kurze Episode ihres Lebens mit der lange sich dahinziehenden Auswirkung laste noch immer auf ihr. Nun aber glaubte sie, mit Paul etwas freier, offener und distanzierter über ihre Malaise sprechen zu können.

Paul fuhr nach Winterthur in eine Buchhandlung und erstand sich ein Sachbuch über traumatisierte Menschen. Vor allem interessierte er sich, wie ein solches Trauma eine sexuelle Störung bewirken und das Leben überschatten könne. Die Lektüre bestätigte seine Vermutungen. Es handle sich um eine posttraumatische Belastungsstörung, die fortwährend Ängste erzeuge. Es sei eine psychische Blockade, die phasenweise auftrete und zu einer krampfhaften Beeinträchtigung der Sexualität und zu psychischen Abwehrhandlungen führen könne. Eine dauerhafte Störung der Libido könne zu einer Neurose führen, die psychotherapeutisch behandelt werden müsse.

Paul aber erinnerte sich, dass Maria schon einige Male einen leichten libidinösen Schub erlebt hatte, den sie sich allerdings sofort ausredete. Dies geschah auch auf dem Schiff von Konstanz nach Schaffhausen. Die Angst vor dem Versagen hinderte sie, sich Pauls Armen anzuvertrauen. Er las lange im gekauften Buch. Die Abhandlung war derart ausführlich, dass er sich am Ende sagte, er müsse selbst das richtige Heilmittel finden. Dies sei nur möglich, wenn er Geduld aufbringe. Der direkte Weg mit Medikamenten und einer langfädigen Psychotherapie führe nicht zum Ziel. Maria würde sie auch nicht auf sich nehmen. Sie stand viel zu robust im Leben. Niemand würde denken, sie leide unter einer traumatischen Störung. Da er Maria sehr schätzte und zu lieben begann und er spürte, dass sie sehr an ihm hing, blieb er gefasst und ruhig. Einmal sagte sie ihm, seine Briefe seien wie Drogen.

Paul kam in einem Gespräch, auf das Exposé zu reden, das er ihr bei der Taminaschlucht zu lesen gab. Dass Maria seine Gedanken weiterdachte, freute ihn. Sie hatte ihre Meinung ausführlich begründet und wiederholte, dass sie schon bevor sie den Text las, den Heiden in ihm gespürt habe. Seine Philosophie sei in gewisser Weise neuheidnisch, gab Paul zu.

Maria glaubte, er habe die Zweifel, die sie gegen das Wort «Wille» geäussert habe, nicht richtig ernst genommen. Schopenhauer erinnere an die tätige Kraft in allen Wesen und den Menschen. Wenn es Jahrmillionen gedauert habe, bis aus den Zellen erste primitive Gestalten und Lebewesen entstanden seien, handle es sich um einen langen Prozess, in dem sich Systeme entwickelten, die man heute Pflanzen, Tiere und Menschen nenne. Dieser Prozess sei nicht einem Willensakt geschuldet, sondern vielmehr der fortschreitenden Vernetzung der Zellen, die von den kleinsten Teilen ausging und zu immer differenzierteren Ergebnissen führte. Er habe ja auch einmal davon gesprochen, dass im menschlichen Gehirn Milliarden von Neuronen und Synapsen das Denken und Handeln beeinflussten. Sie stelle sich die Entwicklung zu den ersten kriechenden Wesen vor, wie sie sich kompliziert vernetzten, ähnlich wie Neuronen und Synapsen im menschlichen Hirn. Sie könne es leider nicht besser erklären. Sie habe weder Biologie noch Physik studiert.

Paul hörte erstaunt und überrascht zu. Er hatte bereits einmal eingestanden, dass ihre Gedanken mit denen von Schopenhauer koinzidieren würden. Schopenhauer aber fehlte das heutige biologische Wissen und die wissenschaftliche Sprache.

Durch Pauls Exposé sei sie aufmerksam geworden auf wissenschaftliche Aufsätze, in denen der Versuch unternommen worden sei, die Entstehung des Lebens zu erklären. Paul habe dies mit dem pauschalisierenden, einfachen Begriff des Geschehens benannt. Es handle sich um ein kombinierendes

Vorantasten, weder willentlich noch zielgerichtet, sondern vielmehr chaotisch. Somit seien die Lebewesen ein Produkt des Zufalls, das sich durch die Anpassung an die Lebensverhältnisse individualisiert habe.

Paul erwiderte, Schopenhauers Wille stehe stellvertretend für Drängen, Verknüpfen und ersetze, was heute unter Vernetzen gemeint sei. Ähnlich funktioniere das Gehirn, das ja immer Lösungen für Probleme finde, in dem es immer denke.

Paul verfolgte eine Absicht, warum er das Thema nochmals aufgegriffen hatte. Sie habe ja schon gesagt, es handle sich um einen Vorgang des Werdens und niemals um einen Schöpfungsakt. Darin stimme er mit ihren Gedanken überein. Es zeige sich also klar, dass der Mensch keinem höheren, überirdischen Wesen Rechenschaft schuldig sei, sondern nur sich selbst. Sie könne sich demnach frei fühlen vor der grossen Sünde, die ihr Gewissen plage. Sie wisse ja, dass ihr Sohn ein nützliches Mitglied einer Gemeinschaft geworden sei. Das zu wissen, müsse sie stolz machen.

Damit sei die Sünde nicht aus der Welt geschaffen, widersprach Maria, denn der Mensch lebe in einer Gemeinschaft, die sich an Sitten und Gesetze zu halten habe. Den Verstoss dagegen habe der Pfarrer und mit ihm die Kirche als Sünde bezeichnet.

Sie solle endlich eingestehen, dass, wenn es einen Himmel gebe, sie ihn nur in sich selber finde. Denke sie analog von der Hölle, wäre sie in ihr. Jean-Paul Sartre habe gesagt: «L'enfer c'est les autres.» Damit habe er selbstverständlich auch sich selbst gemeint. So wurde er auch von seinen Gegnern wahrgenommen. Was Menschen einander antun können, sei schlimm und unübersehbar, täglich präsent in den Medien. Die Hölle würden die Menschen veranstalten. Dostojewski habe behauptet, wenn es keinen Gott gebe, sei alles erlaubt. Das sei eine törichte Aussage, denn Verfassung, Gesetze und Regeln gelten auch in säkularisierten Staaten.

Maria solle das Grübeln aufgeben. Einen gesunden Sohn geboren zu haben, der selber wiederum eine Familie gegründet habe, sei unter allen Umständen eine gute Tat. Pfarrer hin oder her.

Für Paul war die Evidenz der Erscheinungen, der Phänomene, der Tatsachen und die realen Vorfälle der Ausgangspunkt seines Denkens. Wie hätte er sonst ein guter Personalchef sein können? Tatsachen würden ja auch der existenzielle Grund für Marias Tätigkeit und Engagement sein. In diesem Punkt waren sie sich bald einig. Darüber hinaus verband sie die Liebe zur Sprache. Waren gute Gespräche nicht ein Band, die eine Beziehung tragen? Maria hatte ja bei Paul etwas gesucht, das ihr tägliches Leben überstrahlt. Das Geschäft, von dem sie vorgab, es gehe über alles, war ihr also nicht alles. In ihrem Herzen loderte das Feuer für die Poesie. Nun hatte das Gespräch gezeigt, dass Paul ein Realist war, der aber sein Leben dennoch auf tiefere Lebensvorsetzungen stellte. Dies gefiel Maria und stärkte die Beziehung zu ihm. Sie wurde offener und suchender, aber auch selbstbewusster. Was ist der Mensch und der Sinn seines Lebens? Was überhaupt war die Welt? Maria gab sich nicht mit einfachen Erklärungen oder gar Bagatellisierungen zufrieden. Vieles von dem, was sie im Leben erlitt, hatte sie bis anhin nicht aussprechen können. Vielleicht war das Philosophieren mit Paul eine Art des Umwegs zu sich selbst.

Obwohl sie oft ausführlich über das Leben sprachen, ihr Wissen vertieften und reflektierten, was ein gutes Leben sei, schien es Maria lustloser zu werden und sie notierte ihr Gefühl in einem kurzen Brief:

Lieber Paul,
ich habe den leisen Eindruck, dass der Schwung unserer ersten Wochen nachlässt. Ich beobachte oft auf deinem Gesicht, wie es in dir denkt. Du kannst es nicht verbergen und ich habe eine besondere Begabung, Gesichter zu lesen. Die Heiterkeit scheint dir verloren zu gehen und dein Humor ist nicht mehr spontan. Ich weiss nicht genau, was dich beschäftigt. Darüber möchte ich mit dir reden, denn du wirst erraten haben, dass ich sehr an dir hänge. Im Grunde weiss ich nicht genau, wie ich einem Mann begegnen soll. Mein Leben war bis anhin nur Arbeit, Lohnarbeit in der Bank und bei anderen Stellen, die ich versehen habe. Erst bei Giorgio habe ich entdeckt, wie eine freie, selbstständige Tätigkeit mit grossem Kundenkontakt belebt. Als Giorgio verstorben war, kam mir nicht in den Sinn, einen Mann zu suchen. «Selbst ist die Frau», sagte ich mir. Merkwürdigerweise drückte mich der Verlust von Giorgio nicht zu Boden. Das Geschäft und wie ich es umkrempelte, forderte mich total, brachte mir viel Freude und

Spass. Mit der Zeit fehlte mir allerdings ein Kontakt, der meine geistigen Ansprüche befriedigte.

M

Irritiert dachte Paul, sie seien doch an einen Punkt gelangt, bei dem sie hinter die Dinge zu blicken anfingen. War Paul etwas zu sehr ins Dozieren geraten und damit sehr ernst erschienen? Er blieb unsicher, was der Brief andeuten wollte. Irgendwie markierte Maria ihre Selbstständigkeit, die sie auf keinen Fall an einen Mann verlieren mochte. Was ihr der Briefwechsel brachte, bagatellisierte sie nicht. Sie war nicht die Frau, die spielt und Unwahrheiten duldet. Im Sternzeichen des Schützen geboren, war sie oft sehr direkt. Nicht ihm gegenüber, aber etwa, wenn sie einem langweiligen Kunden vorwarf, sie glaube nicht, dass er etwas kaufen wolle, sie lasse ihn mal schauen. Sie war nicht begabt, dem Zögern langweiliger, unentschlossener Menschen zuzuhören. Paul staunte, wenn er jeweils in ihr Geschäft trat, dass sie ihre Gestelle wieder neu eingerichtet und verschönert hatte. Er antwortete:

Maria, unser Briefwechsel steht nicht infrage. Ich habe mich sogar ein wenig abhängig von dir gemacht, weil ich nun schon über Monate wunderbare Gefühle erlebe. Ich konnte mich geistig ausleben, wie noch nie in meinem Leben. Ich erlebe unsere Beziehung als Gleichseitigkeit, die von einer seltsam geheimnisvollen Entsprechung lebt. Natürlich beschäftigt mich dein Bekenntnis, dass eine körperliche Barrikade dich hindert, mir näherzukommen. Du trägst eine Last mit dir, die du nicht leicht abwerfen kannst. Die Frage, ob du sonst noch schlimme Erfahrungen mit Männern gemacht hast, würgt mich und ich überlege, wie du dich mit dem Schicksal versöhnen könntest.

Also befürchte nicht, dass ich den Kontakt mit dir abbrechen werde. Wir haben in letzter Zeit halt oft Gespräche geführt, die den spielerischen erotischen Charakter von früher abgeschminkt haben. Vielleicht betrachteten wir die Philosophie als eine zu ernste Sache, dabei sollte sie doch befreiend wirken oder poetisch, um ein Lieblingswort von dir zu gebrauchen. Endlich kann ich mich mit einer Frau unterhalten, die ähnlich denkt und empfindet wie ich. Auch deine geschäftliche Haltung der Ehrlichkeit und Klarheit ringt mir Respekt ab.

An Paul

Du hast mir, lieber Paul, mit dem Geständnis in Erinnerung gerufen, was mir wichtig ist. Trotz unserer unterschiedlichen Berufe verstehen wir uns ausgezeichnet. Ich staune über deine Kunst, ernsthafte Dinge auf den Punkt zu bringen. Es fiel mir nicht leicht, dir alles anzuvertrauen, was mich bewegt. Nun aber, nachdem ich deine Zeilen lese, gestehe ich dir offen eine weitere Geschichte. Ich fuhr mit meinem Velo in den Wald entlang der Töss. Das war meine beliebteste Radstrecke. In den Tösswald führt eine schmale Strasse und ein Trampelpfad, der seitlich vom

Wasser abweicht, in den Wald hinein. Da fährst du über federnde Moospolster, aber auch über Wurzeln von Bäumen. Dieser Pfad fordert die ganze Aufmerksamkeit. Auf dieser Spur, etwas abseits vom Bach im Waldweg, riss mich plötzlich ein Mann vom Rad und drückte mich zu Boden. Er versuchte mich zu vergewaltigen. Er packte mich an der Gurgel und versuchte meinen Mund mit einem Nastuch zu stopfen. Mit grosser Kraft gelang es mir, mich zu befreien. Ich schrie in Todesangst und floh. Er rannte hinter mir nach. Zum Glück kam uns ein Jogger entgegen, sodass der freche, gewalttätige Kerl im Wald verschwand. Ein tiefer Schrecken hatte meinen Körper erfasst. Ich zitterte und fiel zu Boden. Der Jogger betreute mich und geleitete mich bis zur sicheren und offenen Fahrstrasse. Ich solle den Überfall bei der Polizei melden.

Der Schrecken hockt noch immer in meinen Knochen. Nähert sich mir ein Mann, den ich nicht kenne, beginnt meine Haut leicht zu flattern. Selbst bei gut bekannten Männern stellt sich ein leichtes Zittern ein.

In der Bank begegnete ich einigen, die ich als Diritissima-Frauenliebhaber oder -helden bezeichnete. Sie luden mich zum Nachtessen in ein nobles Restaurant ein. Auch bei ihnen kam mir der Körper in die Quere. Sobald sich das Gespräch von geschäftlichen, touristischen und weiteren objektiven Themata in die Richtung der Intimität verschob, wurde ich stumm und abweichend. Nach wenigen Treffen mit verschiedenen Kollegen gaben sie ihr Werben auf. Ich glaube, es sprach sich in der Bank herum, dass ich mich Männern gegenüber abwehrend verhalte.

Es war eine ungeheure Entdeckung, dass Männer glauben, wenn eine Frau freundlich und gelegentlich auch lustig sei, sie zum Objekt für eine Nacht werden könne. Dieser Gedanke schärfte meine Sinne. Ein Mann kann sich nicht vorstellen, was in einer Frau vor sich geht, die in die Fänge solcher Typen gerät. Man wird zum Gebrauchsobjekt. Das ist erniedrigend. Im Nachhinein dachte ich, auch Peet sei ähnlichen Gedanken gefolgt. Da ich eine unbeschwerte, fröhliche junge Frau war, hatte er sich wohl vorgestellt, ich würde aus reiner Lust zu ihm auf dem Boden kriechen. Ich aber liebte ihn sehr. Für ihn war seine Haltung einfach das männlich Selbstverständliche. Dass er mich nicht drängte abzutreiben, könnte für mich nach Jahren ein Grund der Verzeihung sein. Den lüsternen Kollegen in der Bank, der wagte, seine Hand über meinen Rücken zu ziehen und mich zu kraulen, schnauzte ich wie eine wilde Katze an. Er erschrak und rief: «Sage nichts dem Chef.» Er war leider nicht der Einzige, der einer solchen Mache folgte.

Zur Arbeit nach Zürich fuhr ich mit der Bahn. Ich reiste mit einem GA erster Klasse. Ich benutzte die kurze Fahrt zum Lesen oder bereitete mich auf meine Arbeiten vor. Ich erinnere mich immer wieder an meine Kindheit im Bergdorf und daran, wie ich hoffnungsvoll mein Studium der Volkswirtschaft begann und ich mir dann den gradlinigen Lebensweg vermasselte. Dank Giorgio hat sich mein Leben etwas geklärt. Ich werde dir davon erzählen. Es ist eine seltsame Geschichte und wie ich in sie geraten bin, hat mich selbst überrascht.

Mit einem lieben Gruss

M.

Was Maria mündlich hätte sagen können, zog sie vor zu schreiben. Schreiben beruhigte sie. Sie führte noch immer ein Tagebuch. Sie wollte auf keinen Fall vor Paul weinen, wenn sie ihm weiteren Einblick in ihr Leben gab. Durch ihr Alleinsein ohne Partner hatte sie sich angewöhnt, mit sich selbst zu reden und alles, was für sie wichtig war, zu notieren. Sie war nicht eine Frau der langen Telefonate. Sie lebte seit Jahren in einer Tätigkeit, die schnelle Entscheidungen und kurze, klare Antworten verlangte. Wenn sie private Dinge schrieb, entfernte sie sich von der Routine der Geschäftsfrau und gewann Distanz.

Paul wurde bewusst, dass der Überfall im Tösswald und weitere Erfahrungen mit Männern die Liebesabstinenz verstärkten und zu einer psychischen Störung führen mussten. Gab es aber körperlich Gründe, sich von Männern fernzuhalten? Selbst dann nicht, wenn sich der Körper mit Zittern gegen eine intime Beziehung wehrt? Es war die Angst, die sie strapazierte.

Paul hatte auch einige Geschichten hinter sich und gab sie Maria preis. Seine Frau trennte sich von ihm. Es lag allerdings an seiner Leidenschaft für den Beruf. Da die Ehe nicht fruchtbar geworden war und keine Kinder hervorbrachte, war es leichter, sich zu trennen. Der von der Frau wiederholte Vorwurf entzündete sich an seiner Arbeitsbesessenheit. Einmal sagte sie: «Du brauchst nicht zu Hause den Personalchef zu spielen.» Er nahm den Vorwurf nicht ernst, bis sie ihm erzählte, sie habe einen Mann gefunden, der zu ihr passe.

Sie hat sich inzwischen wieder verliebt und scheint glücklich zu sein. Ihr Mann, ein Witwer, brachte zwei Kinder, ein Mädchen und einen Knaben, in die neue Ehe, die beide heute erwachsen sind. Ihr Mann besitzt ein schönes Einfamilienhaus mit einem grossen Garten und einem reichen Baumbestand. Der Garten ist ihr Paradies, zumal ihr Mann an Sommerabenden und Samstagen gerne mit ihr im Garten arbeitet. Ein ideales Paar. Sie ist in Thayngen heimisch geworden.

Von einer seiner längeren Beziehungen mit einer verheirateten Frau tönte Paul nur wenig an. Sie war auf Samstage beschränkt, aber sie passte damals in sein Leben. Diese Frau war mit einem Mann verheiratet, der samstags und sonntags grosse Velotouren mit einer Gruppe unternahm, die über Pässe und entlang von Seen ging. Sie blieb allein zu Hause und ging gelegentlich aus. Als Paul ihr eines Abends in einer Bar begegnete, klagte sie ihm das Leid und bat Paul, ihn nach Hause zu begleiten. Die Beziehung dauerte Jahre und ging so lange gut und heimlich, bis ihr Mann die grossen Strapazen von langen Fahrten nicht mehr auf sich nehmen konnte. Er fuhr nur noch in der Umgebung zwei, drei Stunden.

Maria mochte Pauls Bekenntnis nicht zu einem Thema machen. Es interessierte sie schlicht nicht, aber sie hoffte und sagte, sie erwarte, dass er nicht mit ihr spiele. Sie würde es nicht verkraften. Sie versuche, ihr dramatisches Leben zu vergessen, was ihr recht gut gelinge. Ihrem Geschäft wende sie alle Sorgfalt zu. Das war zu Pauls Geschichte mehr oder weniger das letzte Wort, obwohl Paul noch von einigen Affären hätte reden können.

Die Diskussionen drehten sich vielmehr um Marias verdrängte Themen. Paul versuchte ihr Denken zu klären. Es ging ihm darum, ihre Gedanken zu beeinflussen, um sie freier von ihrer Vergangenheit zu machen. Den Beruf beherrschte sie souverän. Die Kunden schätzten und liebten sie. Sie gewann zahlreiche Stammkunden, mit einigen Frauen verband sie eine Freundschaft, sodass sie gelegentlich mit ihnen etwas unternahm.

Paul seinerseits hatte durch seine Arbeit psychologische Erfahrungen gesammelt. Er hatte es in seinem Beruf mit Fällen zu tun, die ihn sehr beschäftigten, etwa auch mit Lügnern, Hinterbringern und Denunzianten. Er warnte sich selbst mit dem Spruch von Hans Derendinger, der einmal gesagt hatte, ein Zuträger sei immer auch ein Wegträger. Paul bemühte sich stets um philosophische, psychologische, historische, aber auch neurophysiologische Erkenntnisse. Er ahnte, dass Maria, trotz ihres über den Beruf hinausreichenden Wissens, der sichere Unterbau ihres Lebens fehlte. Volkswirtschaft allein schafft noch nicht ein geistiges Fundament. Die Religion ihrer Kindheit lag verschüttet in ihr. Obwohl sie gedanklich von ihrem Glauben Abschied genommen hatte, stand er wie eine Barriere im Weg. Paul wiederum hatte gegen den Schluss seiner beruflichen Tätigkeit eine innere Ruhe erworben, die ihn gelassen werden liess.

In weiteren Gesprächen erzählte Maria, wie sie oft mit einer Gruppe von Alpinisten in SAC-Hütten übernachtet habe und sehr lustige Abende verbrachte. Es sei nie einem der Männer in den Sinn gekommen, sie zu bedrängen. Sie hätten sogar oft getanzt, gesellig gesungen und gejodelt. An solchen Abenden habe es immer eine Art Klassenclown oder, wie die Männer sagten, ein Kompagniekalb gegeben, welches eine ganze Gruppe unterhielt. Es sei viel gelacht worden. Witzeerzähler, die verbal ihre niederen Instinkte zu befriedigen suchten, seien oft in Schranken verwiesen worden. Unbeschwert seien diese Abende gewesen. Ein gesunder Schlaf nach dem anstrengenden Aufstieg sei der Lohn für den harten Kampf am Berg gewesen.

Wenn sie dann wieder lange allein gewesen sei, habe sie viel gelesen. Als sie einmal eine Geschichte von Kafka in die Hand genommen habe, in der sich ein Gregor Samsa in einen Käfer verwandelte, sei ihr die Geschichte sehr nahe gegangen. Sie habe bei der Arbeit in der Bank oft gedacht, nun werde sie bald ein Gregor Samsa, ein Käfer eben, unbedeutend, obwohl sie als Volkwirtschaftlerin zuhanden des CEOs wichtige Analysen erledigt habe. Selten habe sie auch nur ein kleines Lob bekommen. Der Direktor habe ihre Vorschläge als die seinen ausgegeben.

Sie sei in einer modernen Egogesellschaft der Finanzwelt gelandet. Darum sei es ihr Glück gewesen, dass die Umstände sie in ein anderes, selbstständiges Leben geführt hätten. In der Bank habe sie die Dinge immer zu sehr an sich herangelassen, sei nie zur Ruhe gekommen und habe die nötige Distanz nicht gefunden. Während des Schlafs sei sie immer wieder aufgewacht und vom Gedanken verfolgt worden, eine neue Stelle zu suchen. Sie habe sich nicht entscheiden können. Das Gewissen habe ihr dennoch keine Ruhe gelassen.

Das Gewissen sei wie ein inneres Netzwerk, behauptete Paul, das alles Erlebte verbinde, um abzuklären, was gut und was schlecht für eine Person sei. Es wolle wissen, worin die eigene Verantwortung bestehe. Als Maria nach der Diskussion über das Gewissen wieder nicht schlafen konnte, stand sie früh auf und schrieb einen Brief.

Lieber Paul,
ich schreibe diesen Brief, um dir zu danken, dass du bei mir vorbeigekommen bist und mir zugehört hast. Es war nie mein Wunsch, meine Geschichten auf deinem Buckel abzuladen. Als ich aber spürte, dass es dir um mehr ging als um das männlich Übliche, glaubte ich, es wäre ehrlich, dich nicht in mein Schicksal einzubeziehen. Ich fürchtete mich lange vor einem Bekenntnis, weil ich Angst hatte, du würdest das Interesse an mir verlieren. Der Briefwechsel, der mir so viel gab und gibt, ist mir wichtig. Dein Schweigen hätte ich nur schwer verkraftet. Eine Niederlage mehr! Schon einige Male – ich glaube, ich habe es dir angetönt – zerbrach eine schöne Freundschaft am Widerstand meines Körpers. Ich konnte nichts machen. Bei Giorgio gab

es kein Problem. Er heiratete mich, damit er nicht allein sein musste. Ein Weinhändler geht nicht gern auf Kundenbesuch ohne Begleitung. Ich habe den Zweck seiner frugalen Ehe erfüllt. Gestehe, dass ich auch manchen gemütlichen Abend mit ihm verbracht habe. Er trank viel und die Gastwirte hatten ihn gern. So entwickelte sich in den schönsten Gaststätten hier auf dem Land manch ein Höhepunkt an Spass und Humor. Dennoch plagte mich immer das Gewissen, das mir einflüsterte, ich hätte mein Leben selbstverschuldet verfehlt. Ist das Gewissen wirklich das Tribunal, das uns richtet? Sind wir ihm Rechenschaft schuldig?
Maria

«Du hast, liebe Maria, neben Schmerz und Leid viele schöne Momente erlebt. Sie überwiegen doch die traurigen bei Weitem», versuchte Paul sie am Telefon zu beruhigen. «Das Denken beschäftigt sich dauernd mit den Problemen, bis es eine Lösung erlangt. Du hast mit deinem Geschäft eine Tätigkeit gefunden, die dich nicht nur ablenkt, sondern auch trägt. Vielleicht pendeln deine Gedanken zwischen den neuen Einsichten und der früh eingeprägten religiösen Erziehung und so bist du nicht ganz frei. Dies führt zu Unsicherheit. Du wirkst nach aussen sehr selbstbewusst. Du beherrschest dein Geschäft. Stellst du dir die Frage, was dir fehlt, solltest du hinsitzen und schreiben, was dir dazu einfällt. Hast du ein Problem, das nicht gelöst ist, bleibst du unruhig. Die Synapsen im Gehirn vernetzen die Milliarden Neuronen so lange, bis sie dir eine Lösung offerieren. Die Überlegungen werden dich stets nahe an deine Unzufriedenheit heranführen. Befasse dich vertieft mit deinem inneren Wollen und wenn ich recht sehe, hat es dir auch den Einfall gegeben, mir einen Brief zu schreiben. Es war gerade der richtige Moment, denn auch ich hatte das Bedürfnis, mich auszutauschen. Wir sind uns nahegekommen. Ich möchte den Kontakt mit dir nicht missen.» Maria hörte zu und war im Moment nicht in der Lage, eine Antwort zu geben. Als sie ruhig auf dem Kanapee sass, entschloss sie sich, am kommenden Abend Paul eine Antwort zu mailen.

Paul, du bist froh, viel über mich erfahren zu haben. Ich konnte mein Herz ausschütten und dies macht mich zufrieden, auch wenn ich immer noch an meiner Vergangenheit beisse. Du behauptest, dass eine Beziehung immer ein Prozess sei, der oft eine Metamorphose einleite. Dieser Gedanke lässt mich fantasieren. Wenn ich mich mit dir unterhalte, sehe ich mich nicht als Käfer wie Gregor Samsa, sondern eher wie eine Raupe, die sich als Schmetterling entpuppen wird. Ich habe im Leben verschiedene Metamorphosen durchgemacht: Von der braven, gläubigen Tochter im Bergdorf zu einem zweifelnden Mädchen im Gymnasium, von der Studentin zur ledigen Mutter, von einer mehrfach verletzten Frau zur Gefährtin eines Weinhändlers und dann zur Witwe, die sich in eine Spezialistin für italienische Weine und Feinkost verwandelte. Nun soll ich wieder vor einer Metamorphose stehen. Mir wachsen zwei Flügel und ob sie zum Fliegen taugen, wird sich zeigen.

Du weisst, dass ich in einem katholischen Bergdorf aufgewachsen bin. Ich habe dir erzählt, dass Mutter sehr fromm war, der Pfarrer äusserst streng. Was die Erbsünde sein sollte, verstand ich nie. Das katholische Gymnasium, in dem die Philosophie nach dem Lehrbuch des Benediktiner-Paters Bernard Kälin vermittelt wurde, führte mich etwas weiter. Die Stunden, in denen Philosophie doziert wurde, gefielen mir, auch wenn man nicht viel zu fragen hatte. Sie waren differenzierter als das, was der Pfarrer predigte. Nach Kälins Ansicht war die Existenz Gottes beweisbar. Uns wurde der Satz eingehämmert, alles, was sich bewege oder sich verändere, habe einen Urheber und Planer. So sei die Welt nach einem Plan Gottes geschaffen worden. Gott war der erste Beweger und er schuf eine Welt mit Naturgesetzen und liess dem Menschen die Freiheit, sie nach Gottes Plan weiter zu schaffen und nach seinen Zwecken zu gestalten. Nicht die Natur, wie du glaubst, entliess den Menschen ins Leben und nahm ihn am Ende in ihren gewaltigen Schoss auf. Nein, es war Gott und sein Paradies. Aber, was war das für ein Gott, der seinen Sohn ans Kreuz schickte, um die Sünde des Ungehorsams von Adam und Eva zu sühnen? Dieser Gedanke beschäftigte mich so sehr, dass ich oft nicht schlafen konnte. Der Zweifel nagte an mir, nicht zuletzt auch deshalb, weil der rigorose Pfarrer uns im Religionsunterricht stets gewarnt hatte vor der Sünde, und er meinte vor allem das sechste

Gebot. Ich glaube, diese Zuspitzung der Religion machte mich neugierig aufs Leben. Ich unterlag einer gewaltigen Versuchung zu prüfen, ob der Pfarrer Recht besass. Ich war naiv und konnte mir die Folgen nicht vorstellen.

Der strafende Gott inkarnierte sich in unserem Pfarrer und in meiner Mutter. Von dem liebenden Gott war die Rede, aber ich erlebte ihn nur an Ostern und Weihnachten, sonst blieb er der ewig strafende, der alles registrierte, was ich tat. Meine Haltung gegen Peet moralisch zu verteidigen, wäre sehr schwierig geworden. Was sich daraus ergab, machte es mir unmöglich, Gott vor dem Vorwurf zu bewahren, dass er mich nicht beschützte. Die Liebe zu Peet blieb mir lange heilig, sodass ich am Glauben meiner Kindheit zu zweifeln begann.

Als ich meinen Sohn im Leib trug und zur Welt brachte, war ich definitiv nach dem Bild des Pfarrers, aber auch der Mutter, der Sünde verfallen. Eine uneheliche Mutter war nicht mehr würdig genug, die heilige Kommunion zu empfangen. So begann ich mich zu weigern, eine Messe zu besuchen. Diese Weigerung befreite mich vom Spruch des Gewissens. Sie erhöhte aber meine Angst.

In unserem Dorf wohnte eine noch nicht mündige Frau, die schwanger wurde und eine Zeit lang mit dickem Bauch im Dorf erschien. Sie war für meine Mutter eine Hure, eine Verworfene. Sie gebar das Kind auswärts und kam nie wieder ins Tal zurück. Nach der Geburt meines Sohnes erinnerte ich mich an die Frau und wusste, dass ich auf keinen Fall in mein Dorf zurückkehren werde. Ich litt nach der Geburt von Peet II. schwer an dem Gefühl, eine Verworfene geworden zu sein, die im Dorf jedes Ansehen verloren hatte, wäre ich zurückgegangen. Das zwang mich, meine Herkunft zu verleugnen. Zum ersten Mal, lieber Paul, kann ich mich ausführlich darüber äussern. Ich habe aber leider das Gefühl, ich würde dich mit meinen Gedanken belästigen. Nun ist es halb sechs Uhr morgens. Bald ruft die Arbeit.

Maria

Marias Unsicherheit hatte tiefere Wurzeln, als Paul angenommen hatte. Der Zweifel meldete sich als Gewissensbiss aus dem Unbewussten oder sogar aus dem Unterbewusstsein. Das Wissen, das sie untereinander über die Entstehung der Welt austauschten, gemessen an den Kindheitserlebnissen, blieb abstrakt. Sie flüchtete in den geschäftlichen Eifer. Sie stellte die Waren im Geschäft beständig um. Alles musste sauber sein, kein Stäubchen durfte auf den Gestellen liegen. Ihr religiöser Acker war noch nicht genug umgebrochen und umgepflügt. Paul entschloss sich, mit Maria ausführlich über den Glauben und Religionen zu sprechen. Hatte ihre religiös gestimmte Kindheit gegenüber der Vernunft noch immer eine gewisse Vorherrschaft? Paul beschrieb Maria das Dilemma, unter dem Sören Kierkegaard litt:

Der Philosoph Sören Kierkegaard litt schwer unter dem Religionsverständnis seines pietistischen Vaters. Er geriet in einen ähnlichen Zweifel wie du, Maria, die du dich immer wieder fragst, wie du rein vor deinem Gewissen dastehen könntest. Kierkegaard rieb sich an einer Bibelstelle aus dem Alten Testament und schilderte in seinem Werk *Furcht und Zittern*, wie Abraham auf Befehl Gottes seinen Sohn Isaak opfern sollte, um seinen Glauben zu bezeugen. Seine Frau Sara hatte ihm im hohen Alter einen Sohn geboren, den er sehnsüchtig erwartet hatte und sehr liebte. Er tat, was Gott befahl, und ging mit Isaak ins Land Morija auf den Berg, wo er an einer Feuerstelle Holz aufhäufte und es anzündete. Als Gott sah, dass Abraham ihm treu ergeben war, schickte er ihm einen Widder, den er anstelle seines Sohnes opfern durfte. Diese biblische Geschichte stürzte Kierkegaard in gewaltige Gewissensnöte. Wie sollte er Gott gehorchen, obwohl die Ethik von ihm verlangte, nicht zu töten? Dieses Dilemma des gläubigen Menschen, der zwischen dem Glauben und seiner eigenen Lebensethik hin- und hergeworfen wird, beschäftigte den Philosophen so sehr, dass er am Ende seines Lebens den Glauben verwarf und sich beim Sterben nicht segnen liess.

Im Grunde stehst du vor einem ähnlichen Dilemma. Die in dir eingeprägte Moral der Kirche verlangt, dass du dich an die Gebote halten sollst. Du hast das in dir tief eingeprägte sechste Gebot missachtet. Die Liebe zu Peet sagte: «Mache, was dir das Leben vorgibt.» Du hattest Peet geliebt, gabst dich ihm hin mit dem Wunsch, er möge dein Mann sein. Du gebarst einen unehelichen Sohn und die Furcht und auch das Zittern wurden deine Lebensbegleiter. Weil Peet anders entschied, bliebst du in einem dilemmatischen Zweifel, ob du dich richtig verhalten hättest. So ist wohl zu verstehen, dass du im Grund deine Tat noch immer als Sünde betrachtest.

Absurd ist, dass du noch immer glaubst, du müsstest deinen Sohn vor deiner Familie verbergen. Das führte dich in den nicht auflösbaren Lebenswiderspruch. Daraus musst du dich befreien. Einige Schritte hast du ja schon getan. Du korrespondierst mit Peet, deinem Sohne, und er war auch schon in der Schweiz. Am Ende muss die Vernunft die letzte Instanz sein, die vor jedem Glauben zu befragen ist. Darf ich dich an die Gespräche über den Ur-Willen Schopenhauers, und wie du seine Idee weitergeführt hast, erinnern. Du hast sie vernünftig weiterentwickelt. Du bist keiner Religion verpflichtet. Vertraue doch deiner Vernunft!

Paul schickte seine Gedanken, die er handschriftlich aufgeschrieben hatte und die zu einem Brief geworden waren, an Maria. Auf einer beigelegten Karte notierte er:

Liebe Maria,
PS: Ich werde am Samstag gerne zu dir kommen. Ich danke dir für die Einladung. Morgen fahre ich nach Schaffhausen und werde nach Schluss unserer Stammtischrunde mit Hans ins «Museum Allerheiligen» gehen. Es soll einen Vortrag geben über regionale Aspekte des Rohstoffkreislaufes, den Hans unbedingt besuchen möchte.

Mich interessiert dieses Thema ebenfalls. Ich freue mich, dich bald zu treffen.
Paul

Es war Samstag am frühen Abend. Maria hatte das Geschäft geschlossen. Paul nahm sich vor, sie definitiv aus den Fesseln ihres Sündenbewusstseins herauszuführen. Es kam – was Maria nicht vorgesehen hatte – zu einem langen Gespräch. Paul geriet etwas ins Dozieren. Maria hörte erstaunt zu. Sie hatte doch die Tafel vorbereitet. Aber Paul war nicht zu stoppen. Essen könnten sie später noch. Er habe sich in jungen Jahren noch mit der kritischen Bibelforschung beschäftigt und zu seiner Überraschung erfahren, dass die verschiedenen Evangelien Jahrzehnte nach dem Tod Jesu geschrieben worden waren. Sie seien also bereits Theologie gewesen und damit interpretierten die Evangelisten ihre Meinung über Jesus. So habe der Evangelist Matthäus einen Jesus Christus als Pantokrator und Johannes einen Christus als Logos der Liebe geschaffen, der durch seine Worte viele Wunder bewirkt habe. Diese Ausführungen interessierten Maria. Wo zielte Paul hin?

«Jesus wurde durch die Umdeutung vom einfachen erfolgreichen Prediger ein Christus, ein Held der Religion, ein Gesalbter und eine Lichtfigur für die Gläubigen. Er gab sich als Sohn des Vaters im Himmel aus. Die Kirchenväter führten die theologische Deutung weiter und schufen auf dem Fundament dieser Lichtgestalt die christliche Kirche. Augustinus übernahm nach der Lektüre der Schriften Platons und der Neuplatoniker deren Seelenlehre, die postuliert, dass die Seele lebendigen Anteil habe am ewigen Ideenkosmos und so unsterblich sei. Damit war die unsterbliche Geistseele erfunden und auch der dazu passende Himmel, in dem die Seelen nach dem Tod weiterlebten. Dieser Glaubensakt wertete den individuellen Menschen ab, denn er war nun der Gnade des allmächtigen Gottes ausgeliefert. Die Kirche verschaffte sich ein Verfügungsrecht über die Seelen. Unterschiedliche Theologien entstanden. Die Theologie und die Ethik der späteren katholischen Kirche nahmen sich heraus, über die Sünden des Menschen detailliert zu urteilen. Die Kirche erfand das Sakrament der Beichte. Damit schuf sie ein raffiniertes Marketinginstrument, um die Seelen an sie zu binden.»

Maria lachte: «Die Beichte – ein Marketinginstrument! Ist das nicht übertrieben? An so etwas habe ich noch nie gedacht. Die Beichte war ein Sakrament.»

«Darin bestand die höchste Art, über Seelen zu verfügen, was sogar mit dem Sakrament der Ehe geschah, welches den Menschen ein Ewigkeitsgelübde vorschrieb.»

Paul liess sich nicht weiter unterbrechen und fuhr sehr leidenschaftlich weiter: «Die Sündenlehre Augustins hatte grausame Folgen. Vor allem wurde sie zur Geissel, mit der sie das sexuelle Leben der Menschen peinigte. Calvin schuf die härteste Lehre einer Prädestination. Gott allein blieb es vorbehalten, Gnaden zu verteilen. Es war Kierkegaard, der gerne gewusst hätte, ob er in der Gnade Gottes stehe und ob bereits bestimmt sei, dass er geheiligt oder verdammt werde. Er litt unsäglich unter einem Sündenbewusstsein. Für mich wurde das Werk *Furcht und Zittern* zu einer Offenbarung und beeinflusste mein Denken. Ich wandte mich der Existenzphilosophie zu. Sie postuliert, dass der Mensch sich selbst innerhalb von staatlichen Gesetzen und den Sitten verantwortlich fühlt und nicht gegenüber einem unbestimmten Gott.»

«Ich habe also selbst zu verantworten, was ich getan habe?»

«Ja, du hast einem Sohn das Leben geschenkt. Das genügt, um dich von jedem Gefühl von Sünde zu befreien. Die Folgen hast du leider tragen müssen.»

Wie um dem Gedanken Nachdruck zu verleihen, wiederholte Paul: «Du hast Peet II. geboren. Er ist ein tüchtiger Mensch geworden. Es wäre doch schade, lebte er nicht. Du solltest das schlechte Gewissen definitiv beerdigen.»

Maria atmete auf: «Ich sehe dies alles ein. Worunter ich aber dennoch leide, bleibt die Tatsache, dass Peet, mein Sohn, in Kanada lebt und dass ich zugestimmt habe, dass er die Schweiz verlassen durfte.»

«Du hattest gegen die Verfügung der Behörden keine Möglichkeit, ihn zurückzuhalten.»

«Mich plagten damals existenzielle Nöte. Ich verstand, dass mein Sohn in Kanada besser aufgehoben wäre als bei mir. Das rieb mir die Sozialarbeiterin unter die Nase. Deine theologische Aufklärung löscht mein Leid nicht aus. Inzwischen habe ich so viel Distanz zu meiner längst verstorbenen Mutter und zum Pfarrer gewonnen, dass der Druck des schlechten Gewissens nachgelassen hat. Mich quält dennoch die Tatsache, dass ich nicht an Mutters Beerdigung teilgenommen habe.»

«Du wirst erst den wahren Seelenfrieden finden, wenn du dich mit der Heimat und ebenso mit Peet, dem Vater deines Sohnes, definitiv versöhnt hast. Halte dich an Tatsachen. Allein Tatsachen sind klar und wahr. Du übst eine Tätigkeit aus, die Menschen dient. Das Spezialitätengeschäft floriert. Du solltest alles daransetzen, dass du mit deinem Sohn die Beziehung vertiefen kannst. Schreibe ihm immer wieder einmal von deinem Erfolg. Schicke ihm Mails mit Fotografien deines Geschäftes. Stelle die Realität über das Denken, so kommst du dir immer näher und die Grübeleien versickern.»

Paul verfiel in einen fast suggestiv hohen Ton, sodass Maria sagte: «Gut, Paul, lassen wir es sein. Ich habe dich verstanden. Ich glaube dir!»

Maria stand auf, ging in die Küche und in kurzer Zeit servierte sie einen Teller mit einem Fisch und Reis. Sie stellte einen wunderbaren Bolgheri Superiore auf den Tisch und hatte auch ein Dessert vorbereitet.

«Paul, du kannst im Gästezimmer übernachten.»

Er schlug den Vorschlag aus.

«Ich gehe morgen früh mit Hans ins Appenzellische. Wir werden zum Kronberg fahren und nachher nach Appenzell wandern. Ich muss in Wanderkleider schlüpfen und die richtigen Schuhe tragen.» Er trank wenig Wein.

«Ich fahre bald heim.»

Aber er blieb dann doch bis Mitternacht und freute sich, dass Maria frei atmete. «Es hat mir gutgetan», verabschiedete sie Paul.

Am späten Nachmittag des nächsten Tages erreichte Maria einen Anruf. Hans teilte mit, Paul liege im Spital. Ein Schreck erfasste sie. Hans erzählte ausführlich, was vorgefallen war und beschwichtigte Maria zugleich: «Wir fuhren mit der Bahn von Herisau Richtung Appenzell und stiegen beim Jakobsbad in die Luftseilbahn zum Kronberg. Wir wollten von dort nach Appenzell wandern. Im Bergrestaurant verpflegten wir uns. Das Fondue war sehr schmackhaft, aber Paul hatte mehr als seine Portion gegessen. Er schnappte mir sogar einige Brocken weg. Ein seltsamer Übermut trieb ihn, gegen seine Gewohnheit, unmässig zu essen und zu trinken. Plötzlich begannen sich seine Bauchmuskeln zusammenzuziehen. Er bekam heftige Bauchschmerzen. Es plagte ihn so sehr, dass ich befürchtete, er erleide eine Kolik. Er beruhigte mich und sagte, der Schmerz gehe schnell vorbei. Er sei ja ein Selbstheiler. Aber leider dauerte es länger, als er wahrhaben wollte. An den langen Marsch nach Appenzell war nicht zu denken. Noch immer bagatellisierte er die Schmerzen, aber sie blieben. Wir fuhren mit der Seilbahn hinunter. Im Jakobsbad fragte ich einen Arbeiter der Bahn, der gerade pausierte, ob er bereit wäre, Paul als Notfall ins Spital zu fahren. Ich gab ihm fünfzig Franken in die Hand und er winkte uns zu seinem Auto. Es waren sehr viele Leute unterwegs. Paul riss sich zusammen. Er wollte niemanden mit Jammern und Winseln aufschrecken und so fügte er sich meinen Anordnungen.

Im Spital wurde er von einem Arzt untersucht. Er diagnostizierte mit Ultraschall eine Kolik, die von einem grossen Gallenstein verursacht wurde. Er habe Glück, sagte der Arzt, morgen werde der Belegarzt von St. Gallen kommen, ein Spezialist für Innere Medizin. Er arbeite, wenn nötig, zwei Tage im hiesigen Spital. Der Notfallarzt rief den Kollegen an und bekam die Bestätigung, dass er morgen operiert werden könne. Sie würden sofort noch die Operation vorbereiten. Er werde sonografisch und mit Laparotomie operiert. Er schneide den Bauch nicht auf, sondern er führe von aussen die Schneide ein und hole den Stein heraus. Am Ende würde er nur zwei Schnitte am Leib haben, den grösseren beim Bauchnabel. Paul fasste Vertrauen und er stimmte dem Vorschlag zu.

Paul erzählte mir, was vorgesehen sei. Er gestand, dass er früher schon leichte Koliken erlitten habe, die jeweils rasch abgeklungen seien. Da diesmal die Schmerzen nicht nachgelassen hätten und der Arzt eine klare Diagnose abgegeben habe, warte er im Spital. Man habe ihm bereits Schmerz- und Abführmittel gereicht.»

Maria dankte Hans Hodel. Sie war beruhigt, handelte es sich doch um einen Routineeingriff.

Als Paul am Tag nach der Operation wieder zu Bewusstsein kam und sein Denken einsetzte, schrieb er ein SMS an Maria: «Ich liege in einem schneeweissen Bett. Eine Krankenschwester betreut mich und ich kann schon bald wieder zurückkommen. Hans holt mich mit seinem Auto ab. Zu Hause werde ich dir anrufen.»

Gegen Abend nach der Operation rief Paul an und erzählte, dass der Arzt gerade auf Visite dagewesen sei. Er habe den starken Verband geprüft und auf der Seite ein neues Heftpflaster geklebt. Die Wunde würde gut heilen. Der laparoskopische Eingriff sei gelungen. Er habe keine dicke Fettschicht auftrennen müssen.

«Er zeigte mir den Gallenstein, der so gross war wie eine Zwetschge. Zugleich habe er die Blase herausgeschnitten. Ich müsse noch zwei Tage im Spital bleiben, dann könne ich nach Hause fahren. Den Gallenstein legte er in ein kleines Gefäss. Ich packte ihn ein. Er wird ein Andenken an den Ausflug bleiben. Wir können uns bald wieder sehen.»

Maria dankte für den Anruf. Sie hatte bereits einen Blumenstrauss bestellt, der am Abend in Pauls Zimmer aufgestellt wurde.

Mit einem SMS in der Nacht schrieb Paul: «Es ist lieb, Maria, dass du mir einen Blumenstrauss ans Krankenbett hast bringen lassen. Es ist ein wunderschönes Gebinde. Danke herzlich.»

Einige Tage später erreichte Paul in Glattfelden ein handgeschriebener Brief:

> In der *Süddeutschen Zeitung* las ich einen Artikel, in dem ein Philosoph namens Odo Marquard mit einem Satz zitiert wird, der daran erinnert, was uns beschäftigt und

wir noch immer diskutieren. «Der Tod Gottes nötigt die Menschen nicht nur, ihre Dinge selber zu machen. Er nötigt den Menschen auch, sich selber zu erfinden …» Sich selber zu erfinden, scheint mir etwas hochgestochen. Wir sind nicht nur, wie wir uns erfinden, sondern wie uns die Umstände formen, zumindest wie sie uns beeinflussen. Zudem sprichst du immer davon, dass Grundlegendes im Leben ein Geschehen sei. Es muss also schon vor der Geburt viel passiert sein. Bei mir hatte Mutters Gebet keine dauerhafte Wirkung. Deine Erklärungen über die Religion sind für mich sehr hilfreich, aber ich bin etwas gespalten. Die Frage, ob es nicht doch etwas Göttliches hinter den Dingen gibt, taucht immer wieder auf. Nun bestätigt auch Odo Marquard, dass kein Gott in unser Leben eingreift. Ich bin geneigt, ihm auch darin zuzustimmen. Ich musste mich im Leben mehrmals neu erfinden. Ob ich mich gefunden habe, weiss ich noch immer nicht.
Maria

Maria widersprach sich. Paul aber freute es, dass sie seine Gedanken aufgenommen hatte. Das Leben ist tatsächlich mehr ein Geschehen als ein aktives, zielgerichtetes Leben. Die Biografie von Maria zeugte davon.

Odo Marquards Satz liess Maria nicht los. Sie dachte auch oft über Schopenhauers Ur-Willen nach. Ihr Denken fand in den neuen Erkenntnissen der Wissenschaft immer wieder Nahrung. Sie wollte nicht einfach abhängig sein von Pauls

Ideen. Sie liess sich auch nicht einfach von seinen Thesen überreden. Maria war eine gebildete Frau. Ihren Universitätsabschluss mit dem Lizentiat in Volkswirtschaft bestand sie mit Leichtigkeit. Auf der Universität belegte sie Vorlesungen über Literatur. Sie las auch englische Romane. Ihr Sohn, den sie in den ersten Jahren jeweils über das Wochenende vom Kinderheim zu sich nahm, schenkte ihr viel Freude. Sie sah ihn heranwachsen und sie begleitete seine ersten Schritte ins Leben. Sie brauchte sehr lange, bis sie erkannte, dass der Sohn ihr nicht ganz verloren gegangen war. Die Briefe, die er schrieb, bestätigen, dass er von Jahr zu Jahr klüger wurde.

Als mittellose Studentin war sie dankbar, dass sie monatlich Zahlungen aus Kanada erhielt. Sie wäre gewiss eine gute Mutter geworden. Das Kinderheim bestätigte, dass Maria eine fürsorgliche Mutter sei. Abklärungen aber hätten ergeben, dass die Familie White in guten Verhältnissen lebe. Der Bub sei bei seinem Vater, der inzwischen verheiratet war, gut aufgehoben und vor allem die Grosseltern wünschten den Enkel in ihrer Nähe. So könne er in Sicherheit und Ruhe aufwachsen. Maria besass ein Besuchsrecht. Wie aber sollte sie nach Kanada fliegen? Sie quälte auch die Angst, dem Herrn Doktor White wieder zu begegnen. Mit Paul erstarkte ihr Selbstbewusstsein.

Als Paul sie wieder an die Früchte der Rebe erinnerte, antwortete sie: «Du hast recht, Paul, ich orientiere mich am Rebstock und bin mir bewusst, dass er nur dann seine Früchte trägt, wenn er in einem Klima wächst, das ihm behagt.»

Giorgio, der Freigeist, fühlte sich immer mehr auf sie angewiesen. Sie führte das Geschäft, als seine Gesundheit nachliess. Sie ergriff die Initiative und wurde die Chefin des Betriebs. Sie erbte dann als Witwe das Geschäft.

Als sie Paul kennenlernte, atmete sie so richtig auf. Pauls Weltsicht war ihr vorerst neu. Ihr war bewusst, dass die Erde – wer denn sonst – die bergende Mutter der lebenden Wesen ist. Sie verkaufte als Händlerin Wein und die Früchte dieser Erde. Dem Rebstock galt unablässig ihr Staunen. Der Rebstock gedeihe, weil er eine ruhige Phase einlege, also seine schwere Last abwerfe, um im Frühling wieder zu erwachen. An dieses Prinzip erinnere ihn ein Vers, den er schon oft zitiert habe, sogar als Personalchef:

Und so lang du das nicht hast,
Dieses: Stirb und werde!
Bist du nur ein trüber Gast
Auf der dunklen Erde.

Darauf reagierte Maria mit dem verspielten Satz: «Mein Leben ist mir oft wie ein Nein vorgekommen, das aber stets ein kräftiges Ja übertrumpfte. Obwohl ich einige Male auf den Stock zurückgeschnitten wurde, habe ich genügend Lebenskraft in mir gespürt, um mein Leben an den Punkt zu bringen, an dem ich heute bin. Allerdings hat mir der Zufall geholfen. Ich bin kein trüber Gast auf Erden.»

Nach den philosophischen und theologischen Diskussionen schien die Welt endlich in einem neuen Licht. Tauchte Poesie auf, fand Maria zu sich selbst. Sie erinnerte sich an die unbeschwerte Zeit im Gymnasium. Als Giorgio in ihr Leben trat, wurde es heiter und auf eine besondere Art lebensfroh? Giorgio führte sie ganz sachte in das edle Geschäft des Weins ein. Sie fuhren oft nach Italien. Der Wein mit den Degustationen und den Abenden auf Weingütern in Italien und anderswo waren für Maria reinste Poesie. Sie vergass dann jeweils, dass Giorgio auch viel Missbehagen in ihr Leben brachte.

Als Maria von Besuchen auf Weingütern schwärmte, aber auch über die bitteren Momente, in denen Giorgio sich betrunken habe und sie die Folgen zu tragen hatte, rezitierte Paul, gerade mal etwas poetisch gestimmt, ein anderes Vademecum, das ihn durch das Leben wie ein treuer Freund begleitet hatte:

Im Atemholen sind zweierlei Gnaden:
Die Luft einziehen, sich ihrer entladen;
Jenes bedrängt, dieses erfrischt;
So wunderbar ist das Leben gemischt.
Du danke Gott, wenn er dich presst,
Und dank ihm, wenn er dich wieder entlässt.

Für Maria wurde das Gedicht zu einem Lebensmotto. Sie notierte es, um es stets aufsagen zu können. So ein Wort müsse man im Gedächtnis behalten. Ob Gott sie nun entlassen habe oder ob sie sich von ihm habe verabschieden dürfen? Sie wünschte von Paul, dass er ihr ein wenig von Goethe und seinen Gedichten erzähle. Das werde er bei einem Spaziergang gerne tun. Sie holten die Wanderung auf den Kronberg nach.

Das Thema war wie gegeben: Goethes schönste Gedichte seien Erlebnisgedichte, nicht Ergebnisse des planenden Verstandes, sondern spontane Verse, die dem Spürsinn des Dichters und dem Erlebnis eines besonderen Augenblicks entsprungen und den Menschen leicht zugänglich seien. Goethe sei sehr sprachschöpferisch gewesen und habe die deutsche Sprache enorm bereichert.

Ob er ein Beispiel kenne? Er nannte spontan einige und er könne an einem besonderen genau darlegen, wie er das sehe. Er habe keine Gedichte bei sich, aber er werde ihr gerne eines seiner Lieblingsgedichte beschreiben. Zu Hause habe er seinen Goethe in Griffnähe. Die Gegend des Kronbergs und der lange Marsch nach Appenzell sollten erlebt werden. Goethe springe ihm nicht davon. Er könne ihr aber die Tonalität des Gedichtes *Auf dem See*, der Zürcher See sei gemeint, zu spüren geben. Er rezitierte, wie der Dichter ins Gedicht hineinstürmte:

Ich saug' an meiner Nabelschnur
Nun Nahrung aus der Welt.
Und herrlich rings ist die Natur,
Die mich am Busen hält.
Die Welle wieget unsern Kahn
Im Rudertakt hinauf,
Und Berge Wolken angetan
Entgegnen unserm Lauf.

Sie seien nicht auf dem See, aber die sehr schöne Landschaft, die ruhig in gedämpften Wellen von Hügeln dahinfliesse bis zu den türmenden Bergen, könne sie auch hier einsaugen. Nie hätte vor Goethe ein Dichter gewagt, in solchen Bildern sich auszudrücken. Bildlicher könne man das Erlebnis der Natur nicht schildern. Das gehöre zu Goethes neuer Sprache, die hier durch das ganze Gedicht tönt. «Du solltest dir aber die erste, direkt auf dem See entstandene Fassung vornehmen. Kommentare werden dir den Hintergrund erklären. Jetzt scheint es mir nicht am Platz.» Das Gespräch wandte sich rasch Pauls Kolik zu.

Maria hatte nach der Arbeit im Geschäft das Gedicht aus dem Internet gefischt und Kommentare dazu gelesen. Sie rief Paul gegen neun Uhr an. Sie finde *Auf dem See* so jugendfrisch und lebendig, dass sie dankbar sei, dieses gelesen zu haben. Schön finde sie, wie die Fahrt auf dem See den jungen Stürmer von der Trauer befreit habe, dass ihn seine Freundin verlassen habe:

> Aug, mein Aug, was sinkst du nieder?
> Goldne Träume, kommt ihr wieder?
> Weg, du Traum, so gold du bist,
> Hier auch Lieb und Leben ist.

Im Gymnasium habe der Lehrer Schiller Goethe vorgezogen. Sie hätten damals Balladen wie *Die Bürgschaft* oder *Der Ring des Polykrates* auswendig gelernt. Der Lehrer lehnte Goethe ab. Er nannte ihn einen dezidierten Nichtchristen.

Das Gespräch am Telefon über die Dichter dauerte nicht lange. Maria war viel mehr daran gelegen, Paul zu fragen, ob er am Samstag, den 22. September, bereit sei, nach Italien aufzubrechen.

Diese Nachricht nahm Paul mit Freude auf und begann schon zu fragen, was er in den Koffer packen solle. Darüber könnten sie später sprechen. Er werde, wie er sich auch kleide, mit Sicherheit «bella figura» machen, lachte sie. Er sei ja immer gut gekleidet. Vielleicht ein paar gute, kräftige Schuhe, damit sie leicht durch Rebberge und über die mit Steinen gepflasterten Stassen durch Dörfer und Städte schlendern könnten. Sie werde mit ihrem Auto fahren. Den Weg kenne sie auswendig. Sizilien habe sie dieses Jahr nicht eingeplant.

Die Einladung genügte, um Paul in Hochstimmung zu versetzen. Er lud Maria auf den letzten Sonntag im August zu einer Wanderung von Glattfelden über den Gottfried-Kellller-Weg bis zum Rhein hinunter ein. Auf dem Weg werde sie viele Schautafeln mit Texten aus dem Werk Kellers finden. Sie solle, wenn es gehe, um zehn Uhr bei ihm sein.

Pünktlich fuhr Maria vor. Der Wanderweg führte einem Bach entlang zu einer Holzbrücke. Es war eine idyllische Stelle, in der viel von Keller zu erfahren war. Paul erzählte, dass Kellers Eltern und Verwandte aus Glattfelden stammten und Bürger des Ortes gewesen seien.

Auf einem leicht aufwärtsziehenden Waldweg erreichten sie den Laubberg mit Aussicht auf das Rafzerfeld bis zu den Alpen. Da oben konnte der kleine Gottfried träumen. Bei jeder Schautafel hielten sie kurz an. Paul war in seinem Element. Wie ein übereifriger Lehrer schilderte er den Lebensweg Kellers, seine schwierige Jugend, den frühen Tod seines Vaters und schilderte, wie er in *Der grüne Heinrich* sich selbst als Künstler sah und als Schriftsteller entdeckte. Der Roman sei so faszinierend, weil es das werdende Selbstwertgefühl eines talentierten Jugendlichen aus schwierigen Verhältnissen schildere. Er vermute, fuhr Paul fort, dass die Gegend um Glattfelden Kellers Seldwyla gewesen sei. Die traurige Geschichte von *Romeo und Julia auf dem Dorfe* passe gut in die Gegend. *Der Schmied seines Glücks* sei eine ironische und zugleich humorvolle Geschichte. Sie zeige, wie ein Hagestolz durch Misserfolge ein normaler Mensch geworden sei. Der Protagonist, der es hoch im Kopf gehabt habe, erbte vermeintlich ein grosses Vermögen, das ihn überheblich und grosssprecherisch auftreten liess. Er hatte seinen Namen Kabis in Kabys gewechselt. In Augsburg wurde ein Erbe dieses Namens gesucht. Er meldete sich und wurde ins Erbe eingesetzt. Später fanden die Behörden den echten Erben. Der falsche Kabys verlor seinen geschenkten Reichtum, wurde klein und sein Maul arm an Worten. Er entschloss sich schliesslich, mit selbstverdientem Brot doch noch den bescheidenen Weg der Zufriedenheit zu gehen.

Im Eifer des Erzählens übersah Paul, dass Maria etwas auf der Zunge brannte und ihm nur halb interessiert zuhörte. Die Schönheit der Landschaft schuf eine fast wehmütige Stimmung. Sie schauten immer wieder zurück bis zum Bogen der Alpen. Nach dreistündiger Wanderung erreichten sie das Ufer des Rheins. Sie kehrten im Gasthof «Fähre» ein, assen eine Pizza und plötzlich kippte die Stimmung. Maria nahm einen Brief aus der Tasche und zeigte ihn Paul. Er kam per Flugpost aus Kanada.

Liebe Mom,

es ist lange her, seit ich dich das letzte Mal besucht habe. Die Briefe, die wir jeweils zu deinem und meinem Geburtstag austauschten, können nicht vergessen lassen, dass ich dich besuchen möchte. Meine beiden Buben möchten dich kennenlernen. Darum werde ich Anfang Oktober mit meiner Familie in die Schweiz fliegen. Vater sagte mir einmal, ich hätte viel von dir und deiner Art geerbt. Ich sei ein Typ wie die Mutter. Ich wusste nicht, was er damit sagen wollte. Vater geht es nicht gut. Er hat einen wichtigen Prozess verloren, in dem es um mehrere Millionen Dollar ging. Er wollte einem Freund aus der Patsche helfen, dieser aber bediente ihn mit Lügen, die der Staatsanwalt zerzauste. Der Prozess fand grosse Aufmerksamkeit und schädigte am Ende den Ruf meines Vaters. In einem Moment grosser Niedergeschlagenheit sagte er mir – und ich glaubte ihm, was er sagte –, er habe im Leben den ersten grossen Fehler gemacht, dich nicht mit nach Kanada zu nehmen. Er tönte damit an, dass seine Ehe nicht glücklich verlief. Er hatte Tränen in den Augen. Schon einige Male hatte er mich ermuntert, wieder in die Schweiz zu fahren. Judy, meine Frau, habe ein Anrecht, meine Mutter kennenzulernen. Einmal ermunterte er mich, dich zu uns einzuladen. Wir wohnen, wie du weisst, etwa hundert Kilometer nördlich von Montreal in einem grossen Dorf auf dem Land. Dass Vater mit dem Leben hadert, fiel mir auf, wenn er gelegentlich seine Frau, meine Stiefmutter, anschnauzte. Nun aber möchte ich dich fragen, ob meine Frau und meine zwei Söhne in der Schweiz willkommen sind. Ich freue mich auf jeden Fall, dich zu besuchen. Sage mir bitte, ob es dir passt. Ich freue mich auf deine Antwort und bin sehr gespannt.

Mit lieben Grüssen

Peet

Als Paul vom Brief aufblickte, sah er, wie Maria Tränen auswischte. Sie sagte lange nichts. Dann stammelte sie: «Ich kann jetzt nicht darüber sprechen. Ich möchte mit dir aus dem Restaurant gehen und auf das fliessende Wasser schauen.» Paul zahlte. Sie suchten eine Bank, wo sie allein sein konnten. Kaum hatte sich Maria gesetzt, begann sie zu zittern und fiel in einen Weinkrampf. Sie heulte. Ein Berg von Erinnerungen stürzte auf sie ein. Sie schluchzte, sodass Paul sie in die Arme nahm. Aber sie liess sich nicht gehen, sondern sammelte sich nach einer Weile und bat Paul um Entschuldigung. Sie stammelte: «Warum hat er mich nicht nach Kanada mitgenommen? Ich liebte ihn abgöttisch. Warum hat er mir Peet, meinen Sohn, weggenommen? Wir wären glücklich geworden.»

Obwohl sich Maria bald gefasst hatte, blieb sie traurig, bis sie flüsterte: «Gottlob habe ich dich!» Paul schlug vor, mit der S-Bahn auf Umwegen zurück nach Glattfelden zu fahren, wo Marias Auto stand.

So einen heftigen Ausbruch von Emotionen hatte Paul noch nie erlebt. Es schüttelte Maria durch. Und dieses Aufheulen wiederholte sich rhythmisch. Es war, als ob die Erde bebte. Die grosse Enttäuschung ihres Lebens brach wie ein Vulkan aus. Aus tiefstem innerem Grund warf er Trauer aus. Sie waren durch die Aufgaben und Pflichten des Alltags verdrängt geblieben. Ein grosses Bündel von Geschichten verflochten mit Wünschen löste sich auf. Die gedemütigte Seele hatte Jahrzehnte stumm gelitten, weil ihr Peet entzogen wurde. Die Frage, warum sie nicht glücklich sein dürfe, bedrängte sie über Jahrzehnte. All die Fragen, die mit einem Leben zusammenhingen, das nicht zufrieden und wie selbstverständlich verlief, blieben lange im Untergrund und meldeten sich durch den Ausbruch. Der Brief offenbarte, dass Peet den falschen Weg eingeschlagen hatte. Er fand die Liebe nicht wieder, die er bei Maria für Monate gefunden hatte. Maria habe die Liebe zu Peet, wie Paul einmal sagte, als einen voraussetzungslosen Wunsch nach Glück gelebt.

Als Jugendliche war Maria eine Selbstverständliche, die vor einem guten Leben stand. Sie hatte den Drang, aus sich etwas zu machen, was im Bergtal wie selbstverständlich gefordert war, denn oben im Tal gab es keine Existenz für sie. Sie wäre Peet eine treue Gattin geworden. Die Liebe zerschlug früh die Möglichkeit, ein selbstverständliches Leben zu führen. Wie oft im Leben träumte sie davon, dass sie mit einem gewöhnlichen Leben, in Übereinstimmung mit einem Mann, zufrieden geworden wäre. Mit Giorgio gelang dies nur teilweise. Der Mensch könne nicht seines Glückes Schmied sein. Das wisse sie jetzt. Auch Keller habe dies erlebt und mit der Geschichte von Kabis alias Kabys verulkt. Seinen Namen ändern, von einem falschen Versprechen zehren, kann nicht die Basis für ein Glück sein. Dass dieser Kabis am Ende mit seiner bescheidenen Tätigkeit doch noch ein zufriedener Bürger wurde, hätte Maria auch für sich erwartet.

Zu Hause mass Paul sein Leben an demjenigen von Maria. Er war ein ehrgeiziger und aufstrebender junger Mann, der sich vielseitig ausbildete. Als Personalchef war er auch Mitglied der Führungscrew der Firma. Der Erfolg trieb ihn zu hervorragenden Leistungen, sodass er keine Zeit mehr für seine Frau Claire hatte. Sie verliess ihn im Zorn. Weil sie später mit ihrem zweiten Mann glücklich geworden war, konnte sie Paul verzeihen und entlastete ihn von seinen Schuldgefühlen. Er traf sie zufällig in Schaffhausen, wo sie in der Nähe wohnte. Sie tranken zusammen einen Kaffee auf der Gasse. Sie äusserte gegenüber Paul keinen Groll. Sie war glücklich geworden. Paul selber aber fehlte ein Du, mit dem er sich austauschen, an dem er sich reiben konnte. Seine Gelegenheitsbeziehungen und seine Beziehungsoptionen zerschlugen sich immer wieder, weil keine Entsprechung in Gedanken und in der Liebe entstand. Warum aber kam er von Maria nicht los, obwohl er schon früh spürte, dass sie etwas hinderte, sich ihm völlig offen zu geben? War dieser Schrei und der Weinkrampf von Maria am Rhein nicht wie der Schrei auf dem berühmten Bild *Vertreibung aus dem Paradies* von Masaccio in der Brancacci-Kapelle in Florenz. Paul hatte das Fresko, seit er es vor Ort betrachtete, nicht mehr vergessen können. War ihr Heulkrampf nicht vielleicht der Anfang der Erlösung? Wenn sie auf Italienreise nach Florenz fahren würden, wollte er mit Maria diese Kapelle aufsuchen.

Paul konnte lange nicht schlafen. Seine Gedanken kreisten um Maria, die ihm erzählt hatte, ihr Sohn habe sich als Möbelhändler und Schreiner bewährt. Peet II. sei ein Glück für den Grossvater, dessen Geschäft er weiterführe. Dass Marias Energie ausgereicht hatte, ihr Studium abzuschliessen und selbstständig durch das Leben zu gehen, beeindruckte Paul ein weiteres Mal. Er bewunderte die grosse Leistung, die ihren starken Charakter offenbart. Sie hatte die Freizeit sinnvoll genutzt. Nicht nur hat sie die Schweizer Berge erobert, sie hat auch viel gelesen. Per Zufall hatte sie diesen Giorgio kennengelernt, der ihr Schicksal bestimmte und ihr nach schwierigen Jahren der Ehe das Geschäft hinterliess. Dass sie sich nicht in Lebensträumen verliert, beweist sie noch täglich in der Art, wie sie mit Sorgfalt ihr Geschäft führt. Es war ihr gelungen, ihren Lebenskern in ihrer Tätigkeit zu verwirklichen. Einmal, erinnerte er sich, hatte sie sogar einen Platoniker schachmatt gesetzt. Ein säuselnder Philosoph, den sie traf, wollte ihr weismachen, ein Ding sei nur das Abbild eines Urbilds, das in Wahrheit erst im Ideenhimmel erkannt werde. Die Wahrheit also bleibe den Menschen verborgen, bis sie zur ewigen Anschauung in den Himmel kämen. Sie erwiderte ihm, die Idee eines Stuhles nütze ihr nichts, wichtig sei, dass sie auf ihm sitzen könne. Als der Philosoph nicht verstehen wollte, was sie ihm vorhielt, liess sie ihn als blosses Gewölk an sich vorbeiziehen. Paul musste lachen, als ihm diese Geschichte in schlafloser Nacht einfiel.

Nach dem Brief, den er unten am Rhein gelesen hatte, überlegte er sich, was geschehen müsste, damit Maria von der Trauer über ihr Geschick endgültig loskommen könnte. Er hatte davon schon einmal gesprochen und Maria geraten, den ihr vorgeschlagenen Weg zu gehen. Sie war nicht reif für diese beiden Schritte.

Als er Maria anderntags telefonierte, riet Paul ihr, Peet I. zu verzeihen und die Existenz ihres Sohnes als ein Glück zu bezeichnen. Nach dem herbstlichen Besuch der Kanadier solle sie eine Reise nach Montreal ankündigen. Es war Paul bewusst, dass dieser Vorschlag nicht einfach umzusetzen war, aber er war notwendig, um sich mit dem Schicksal zu versöhnen. Ohne das klare Auseinandernesteln des Erlebnisknäuels in einfache Fäden werde sie sich niemals frei fühlen und sich sinnlos eines sündhaften Verhaltens beschuldigen. Er musste in ihr etwas bewegen, sie anregen, die Chance zu ergreifen, mit dem Sohn und seiner Familie in das Tal ihrer Herkunft zu reisen. Blosse Philosophie und Psychologie helfen nichts. Von einem glücklichen Leben zu träumen, ohne resolut zu handeln, führe immer wieder an die gleichen Schnittpunkte zurück.

Paul war Maria auch seine präzisere Geschichte schuldig, nicht über seine Ehe mit Claire, sondern mit einigen weiteren Frauen. Er spürte aber, dass Maria nicht sehr neugierig war und fasste sich kurz.

Liebe Maria,
die verschiedenen Geschichten, die ich seit der Trennung von meiner Frau erlebt habe, sind zahlreich. Ich erinnere dich an meine Frau, die nach der Scheidung zuerst in Bülach lebte. Sie lernte dann einen Witwer kennen, der zwei Kinder grosszog und auf dem Land von Schaffhausen ein Haus besitzt. Sie begründete ihren Schritt damit, dass ich immer vom Geschäft sprach und zu wenig auf sie eingehe. Ich lebte auf ihre Kosten mit gut geglätteten Hemden und blank gebürsteten Schuhen. Sie suchte einen Mann, mit dem sie die Freizeit teilen konnte. Er war ein Schrebergartentyp. Von den Frauen, die ich später kennenlernte, will ich, wie ich schon gesagt habe, nicht viel schreiben.

Mit einer Frau, mit der ich glaubte, es könnte zu einer dauerhaften Beziehung kommen, fuhr ich einmal nach Meersburg. Wir hatten es gut, bis sich ein Ereignis ergab, nein, es war kein Ereignis, vielmehr ein Vorfall, der ihre wahren Wünsche verriet. Ich wollte unbedingt das Burgmuseum, das als eine Art Heimatmuseum eingerichtet ist, besuchen. Sie schaute in den Eingang hinein und weigerte sich einzutreten. In einer alten Rumpelkammer, sagte sie, habe sie bei diesem Wetter nichts zu suchen. Sie solle ruhig zum See hinuntergehen, gab ich zur Antwort. Ich würde nachkommen. Diesen Vorschlag akzeptierte sie nicht. Es kam zu einem dummen Streit, zu einem kleinen Gezerre. Als wir unten auf einer Hotelterrasse sassen, bewies mir das Gespräch, dass wir in Wünschen und Vorstellungen, wie eine Beziehung funktionieren könnte, weit auseinanderlagen. Sie besass keinen Sinn für die Geschichte, las keine Bücher. Damit fehlten die Voraussetzungen für gute Diskussionen. Ich hatte also an eine schöne Fassade geguckt, als ich sie einlud. Sie war ein Augenblicksmensch, eine Art Subito-Typ.

p

Maria hatte den Brief erhalten und telefonierte Paul: «Teilweise hast du mir deine Geschichten schon gebeichtet. Ich kenne sie. Was du verschweigst, interessiert mich nicht, wie auch? Du hast ein anderes Leben gehabt als ich. Das Stichwort ‹Meersburg› bringt mich auf die Idee, Anfang September über den Bodensee zu fahren. Dass wir am Dienstag, 12. September, fahren, steht für mich fest. Es wird eine schöne Fahrt werden. Im frühen Herbst ist im Südtirol Obsternte und es herrscht eine angenehme Wärme.»

«Ich komme gerne mit dir nach Meersburg.»

Maria freute sich: «Es gibt Kunden, die von der reizvollen Stadt schwärmen. Mir war es bis jetzt nicht vergönnt, Meersburg zu besuchen.»

«Die Stadt ist sehenswert.»

«Ich habe gegoogelt und entdeckt, dass die Dichterin Annette von Droste-Hülshoff in Meersburg bis zu ihrem Tod gelebt hat. Mich erinnerte das Edelfräulein an Gedichte und an eine Novelle, die wir im Gymnasium kennenlernten. Von ihrem traurigen Schicksal wurde kaum gesprochen. Wir können am 2. September fahren.»

Paul besann sich nicht lange und betonte nochmals: «Ich begleite dich gerne. Ich habe ja mit der schönen Frau in Meersburg ein Debakel erlebt. Ich muss wie ein Reiter, dessen Pferd den Sprung bei einem Hindernis verweigert, die Fahrt wiederholen, sodass ich den misslichen Vorfall vergesse. Ich komme mit dem Auto nach Winterthur.»

Paul war klar, dass der Ausflug mit Maria ganz anders verlaufen würde als der mit der bekannten Schönen. Sie würden zusammen die Burg besuchen und über die Dichterin sprechen. Vor der Abfahrt am Sonntagmorgen druckte Maria das Gedicht *Die Taxuswand* aus dem Internet aus und nahm das Blatt mit.

Paul fuhr pünktlich beim Geschäft vor und Maria stand bereit. Das heitere Gespräch unterwegs stimmte beide auf einen guten Tag ein. Auf der Fähre las Maria Paul den Anfang des Gedichtes vor:

Ich stehe gern vor dir,
Du Fläche schwarz und rauh,
Du schartiges Visier,
Vor meines Liebsten Brau', …

Was sollte das bedeuten? Das «schartige Visier» sei doch das Schloss mit seinen Schiesslücken, aber wie eine Metapher zu lesen. Wie «Brau» zu deuten sei, klinge wie ein Durcheinander, einen Rauch vielleicht. Dieser harte Anfang habe sie hellhörig gemacht. Er könne nichts Gutes bedeuten, fügte Maria an.

Als sie hinauf zum Schloss schlenderten, meinte Paul, Droste-Hülshoff habe Meersburg eine bedeutende Stimme geschenkt. Er vermute, dass sie heute wenig gehört werde. Er habe von ihr in seinem Büchergestell eine Novelle gefunden, die sie in der Schule hätten lesen müssen. Er werde im Buchladen einen Gedichtband kaufen. Eine Landschaft brauche eine Stimme, daher seien in allen Gegenden Heimatlieder geschrieben worden.

Maria flocht ein, auch Häuser, Gassen und Winkel hätten eine Stimme, jene Stimme von Menschen nämlich, die diese schmucken Häuser bauten, darin wohnten und sie noch immer sorgfältig pflegen. Sie stelle sich Meersburg ohne Touristen vor. Es waren zahlreiche unterwegs. Die Sprache der Häuser, der Gassen und der Burg redeten von Gemütlichkeit und Wohlstand. Die Bewohner hätten sich in Meersburg heimelig eingerichtet und die Stadt mit stolzen Gaststätten bereichert.

Sie standen vor dem schmucken Gasthaus «Löwen». Die Kirche überragte die Burg. Aber die Burg stand für Maria im Vordergrund. Sie möchte unbedingt die Taxuswand sehen. Die Worte der Dichterin klängen in ihr nach. Selbst wenn die Mauern der Burg einst fallen würden, bliebe das Gedicht bestehen. Es gebe viele Worte von Dichtern, die in Palästen geschrieben wurden, die heute Ruinen seien. Sie denke an Sappho, an die griechische Dichterin aus Lesbos. Der mächtige Felsen, von dem sie in den Tod sprang, sei geblieben. Aber der Fels sei weder ein Schloss noch eine mächtige Ruine, was bei den Grotten des Catull in Sirmione am Gardasee doch anders sei. Die Ruinen des einstigen gewaltigen Baus des römischen Dichters und seiner reichen Freunde liege grossartig am Ende der Halbinsel und Catull erinnere sie an ein lustvolles Leben. Die Catull'sche Offenherzigkeit ergebe ein Bild vom dionysischen Treiben der damaligen Gäste.

In der Nähe der Burg angekommen schaute sich Paul nach einer Buchhandlung um. Es gab ein Geschäft, das Andenken, Karten und Bildbände von Meersburg verkaufte. Er fand ein zierliches Büchlein, in grünem Leder gebunden, mit Gedichten der Droste-Hülshoff.

Über den Burggraben führte die Brücke in das gut erhaltene Gebäude. Eine Blätterwand verdeckte die Mauer rechts neben dem Eingang. Es könnte die Taxuswand sein. Aber der Taxus war eine Eibe mit giftigen, roten Beeren. Sie musste auf einer anderen Seite der Burg gestanden haben. Egal, Maria las die Stelle im Gedicht, die sie am meisten berührt hatte, und bekräftigte, warum es so hart begann.

Als mein die Krone hier,
Von Händen die nun kalt;
Als man gesungen mir
In Weisen, die nun alt; …

Bitter würden diese Zeilen die verlorene Liebe beklagen. Maria entnahm dem gekauften Bändchen, dass Annette von Droste-Hülshoff 1797 in Havixbeck geboren und mit 51 Jahren 1848 in Meersburg gestorben war. Sie war befreundet mit dem Dichter und Journalisten Levin Schücking, in den sie sich verliebt hatte. An eine intime, dauernde Beziehung war nicht zu denken, denn der Standesunterschied liess dies nicht zu.

Paul und Maria traten in die Burg, die zu einem Heimatmuseum geworden war. Als sie durch einige Zimmer und Gänge gegangen waren, genügte ihnen der kurze Überblick. Paul, etwas missmutig, bemerkte, dass er ähnliche Museen schon überall besucht habe. Da sei aufbewahrt, was die Menschen früher herstellten: alte Waffen und Möbel als Prunkstücke, alte Keramiköfen und viele weitere Ausstattungsdinge, Porträts der wichtigsten Personen, die den flüchtigen Besucher wenig interessierten.

So verliessen sie die Burg und stiegen über die Treppe, die durch den Rebberg zum See hinunterführt und tranken einen Secco, der so gut war wie ein Prosecco, aber diesen Namen nicht führen durfte. Der Name «Prosecco» sei ein DOC der Gegend um Valdobbiadene und Conegliano und sein Name geschützt, erklärte Maria. Die Meersburger tauften ihren kurz und bündig in Secco um.

Paul ass dann im Restaurant am See eine Pizza und Maria frotzelte: «Spielst du den Italiener?» Um gleich festzustellen, dass Maria mit dem Vitello tonnato selbst die Italienerin mimte. Das führte zur knappen Frage: «Und du?» Maria bemerkte: «Ich gebe zu, ich bin bereits ein wenig italienisch angehaucht.»

Sie skizzierte kurz die Fahrt: «Es geht zuerst in das Gebiet des Valpolicellas, dann in die Toskana.»

«In die Gegend, von der die Italiener denken, sie lebten im Garten, in dem Adam und Eva gesündigt haben.»

Maria lachte: «Ach Italien, es ist doch das Land der Begeisterung! So habe ich es erlebt. Wir werden einen Winzer kennenlernen, der es repräsentiert.»

Sie fragte Paul, was ihm am Herzen liege, zu sehen: «Ausser, dass ich gerne nach Urbino gehen würde und zwei drei Tage in Florenz verweilen möchte, unterziehe ich mich deinen beruflichen Verpflichtungen und lasse mich überraschen.»

Die Italienreise

Lieber Paul,
morgen geht es los. Auf der ersten Station besuchen wir Firmen im Valpolicella. Wir werden den Ort nicht direkt anpeilen. Ich muss etwas aus meinem Arbeitsrhythmus herausfinden. Auf dem Programm steht der Besuch von zwei Weinproduzenten, von denen ich den Amarone und Ripasso beziehe. Du wirst dort eine erste Überraschung erleben. Wir werden, bevor wir im Weingebiet ankommen, am Gardasee übernachten. Nach dem Besuch der beiden Firmen fahren wir nach deinem Wunsch bei Rimini vorbei bis Pesaro und biegen nach Urbino ab, von dort gelangen wir über Umbrien in die Toskana. Wir besuchen die schönen Weinberge von San Felice und werden später in Montalcino Weinproben vornehmen. In Siena und Florenz wirst du der Kunst frönen können. Wir werden selbstverständlich auch ein wenig improvisieren. Wenn ich mich richtig erinnere, liebst du Assisi. Für mich ist dies der ungefähre Reiseplan. Von deinen zusätzlichen Vorschlägen lasse ich mich überraschen. Stoppe mich einfach, wenn ich den Weinkauf zu sehr im Kopf habe. Bei Crivelli in Montalcino winkt mir ein besonderes Vergnügen.

Komme bitte am Reisetag früh zu mir. Das Auto kannst du bei mir in der Garage parkieren. Ich besitze gute Italien-Karten vom Touring-Club. Du brauchst keine Reiseführer mitzunehmen.
Maria

Die kurze Antwort von Paul drückte die Freude aus und er erwähnte, dass es keinen Sinn habe, Bücher mit auf die Reise zu nehmen. Er sei schon einige Male mit einem halben Dutzend im Koffer abgefahren und habe keines von ihnen gelesen. Sie würden einander selber auf die Schönheit der Städte und der Landschaft aufmerksam machen. Eine Ausnahme mache er, in dem er die Gedichte von Giuseppe Ungaretti, die italienisch gedruckt und feinsinnig übersetzt worden seien, ins Reisegepäck lege. Er liebe diese Gedichte sehr. Er schrieb eines ab:

Godere un solo
Minuto di vita
iniziale.

Cerco un paese
Innocente

Welch ein doppelsinniges, schönes Gedicht:

Einen einzigen Augenblick
anfängliches Leben
geniessen.

Ich suche
ein unschuldiges Land.

Ich juble, liebe Maria, und schön, dass es losgeht.
p

Das kleine Gedicht gab noch während der Autofahrt Gesprächsstoff. Maria vermutete Paul habe es wegen dem Doppelsinn ausgewählt. Sie hatte es auf Anhieb verstanden. Was er dabei gedacht habe, könne sie nicht erraten. Maria lächelte und ergänzte, sie wisse nicht, ob Italien so unschuldig sei. Jedenfalls sei Crivelli, den er kennenlernen werde, nicht ein Vertreter der Unschuld des Landes.

Die Fahrt ging durch den Vereina-Tunnel ins Unterengadin und über den Reschenpass bis nach Riva del Garda. Paul liess sich chauffieren. Immer wieder fragte er, ob er sie beim Fahren ablösen solle.

Auf dem Reschenpass begann Paul mit dem Lied *La montanara*, aber er wusste es nur bruchstückhaft auswendig. Maria besass eine schöne Stimme. Paul sang zwar ziemlich laut, aber manchmal, wenn Maria den Text auswendig weitersang und er nicht mithalten konnte, wartete er mit wiederholendem «La-la» auf den Refrain, wo er kräftig einsetzte: «La montanara ohé, si sente cantare.»

«Typisch Männer!»

Neugierig und bewundernd fragte Paul, warum sie dieses Lied auswendig singen könne. Sie sei, wie er ja wisse, in jüngeren Jahren bis zum Moment, wo sie Giorgio kennengelernt habe, regelmässig mit Gruppen auf Bergtouren unterwegs gewesen. Sie hätte abends, und vor allem wenn die Männer schon leicht alkoholisiert gewesen seien, Lieder angestimmt. Sie habe stets ein kleines Büchlein mit Liedtexten eingesteckt. Am lautesten hätten sich die Männer jeweils ins Zeug gelegt, wenn das Lied einen Refrain hatte wie etwa: «Ticino, di Vino, Barbera da sera ...», aber auch: «O sole mio». Weil die Herren die Texte nur halb auswendig kannten, sei der Gesang manchmal in ein leicht alkoholisiertes Geplärr ausgeartet.

Dieses kleine Necken war der Beweis, dass sich Paul und Maria sehr mochten und sie die Hand nicht vor den Mund halten mussten – auf die Gefahr hin, sie würden etwas Falsches sagen. Sie wollten sich gegenseitig nicht übertrumpfen, aber ein kleiner Wettbewerb zwischen ihnen herrschte dennoch.

Maria markierte klar, dass sie in Italien die Oberhand behalten wolle. Sie sprach perfekt Italienisch, Paul gerade so, dass die Italiener zu ihm jeweils sagten: «Parla bene, Paolo!», und ihn ermunterten zu reden. Das hiess genauer gedeutet, er spreche so gut, dass man verstehe, was er sagen wolle. Etwa ähnlich wie ein Muratori, der nach langen Jahren in der Schweiz dem Firmenchef antwortet: «Igg scho wisse, was magge.»

Bei einem Halt im Vintschgau telefonierte Maria dem Hotel «Sole» in Riva di Garda und reservierte zwei Zimmer.

Die Apfelernte im Vintschgau war in vollem Gang. An den Bäumen entlang der Strasse winkten sie rot und gelb. Traktoren mit Harassen beladen behinderten ihre Fahrt da und dort. Die Bauern karrten die Früchte zu den Lagerhäusern. Nichts, auch solche Hindernisse nicht, konnte die Freude von Maria und Paul schmälern.

Paul bewunderte die schräg von den Bergen ins Tal ziehenden, ausgeglichen liegenden Aufschüttungen, die von den Bächen über Millionen Jahre gestaltet wurden. Bei Meran meinte er, er möchte Maria einmal zu einer Badekur einladen. Sie lachte und sagte: «Oh, Paul, wie oft war ich schon in dieser Stadt, die einst von den Habsburgern gebaut und im Sommer vom Wiener Adel regelrecht eingenommen wurde, als wäre sie ihr Besitz. Lieber würde ich mit dir nach Neapel fliegen, nach Capri oder Ischia fahren.»

Dass Paul Meran erwähnte, sollte aufmerksam machen, dass auch er schon einige Male im Land, wo die Zitronen blühen, gewesen war. Besser aber hätte er Ravenna erwähnt, das Maria nicht kannte.

Bei Bozen bog Maria auf die Brenner-Autobahn ein und bei Trento zweigte sie nach Baselga ab und fuhr zwischen den Bergen an den Gardasee. Im Hotel «Sole», direkt am See, wartete auf die ziemlich müden Autofahrer ein gutes Essen und zwei Zimmer. Maria war sehr vorsichtig und gut gefahren. Nur auf der Autobahn drückte sie aufs Gas. Sie liess sich mit ihrem Audi nicht von jedem kleinen Cinquecento oder Topolino überholen.

Ein entspannter Abend zeichnete sich ab. Die Gläser klangen und sangen beim Anstossen kurz an den Ohren. Der 12. September, der erste Reisetag, schien beendet. Paul schlief zufrieden ein. Um elf Uhr läutete sein Handy. Maria fragte, ob er schlafe, sie sei wach, er solle doch zu ihr ins Zimmer kommen. Er klopfte, trat ein und machte sich am Rand des Bettes unter der Decke dünn. Behutsam umarmte sie ihn, umfasste ihn, schwieg und schlief bald ein.

Ob sich gerade ihre traumatische Blockade zu lösen begann, fragte sich Paul. Er nahm sich zurück und wartete ab und lauschte ihrem tiefen Atem. Einige leichte Töne von Schnarchstössen verrieten, dass Maria durch das Wunderland des Schlafes wandelte. Er löste sich behutsam aus ihrer Umklammerung. Morgen Abend würde sie wohl nicht mehr zwei Zimmer bestellen, war Paul sich sicher, aber kein Matrimoniale, sondern ein Zimmer a due letti.

Um sieben Uhr weckte er Maria und ging leise aus dem Zimmer: «Wir treffen uns unten.»

«Es überfiel mich Paul», sagte sie beim Frühstück. «Schön, schön war es.» Sie schwieg, entschuldigte sich, sie sei ein Morgenmuffel und ass, als wäre sie allein am Tisch.

Bald fuhren sie dem Gardasee entlang. Bei Bardolino schwenkte Maria ab, fuhr nach der Stimme der Frau im GPS nach Negrar und weiter Richtung Marano. Nach einigen Kilometern verliess Maria die Hauptstrasse, mündete auf eine Seitenstrasse ein und fuhr auf eine Hofgruppe zu. Auf der Stirn des stattlichen Steinhauses, das von einem Schopf, einer Scheune, einem Lagerhaus und weiteren Bauten umgeben war, stand «Enoteca Della Torre».

Dies also war die Überraschung, die Maria unterwegs erwähnt hatte.

Ein Hund mit lautem Gebell tobte zerrend an der Kette. Ein Mann kam aus dem Lagerhaus und Maria rief: «Antonio!» Der kleine Bub, der hinter dem Vater herkam, wirkte schüchtern: «Oh Antonino, wie bist du gross geworden!» Er fremdete ein wenig und hielt sich an den Vater. Maria hatte sich im Weingut «Della Torre» vorangemeldet. Das letzte Mal, als sie die Familie besuchte, war Giorgio dabei. Maria bestellte noch immer den «Della Torre», einen sehr vollmundigen und angenehmen Ripasso. Den jungen Antonio kannte sie noch nicht so genau, aber seinen Vater, Antoninos Grossvater, der aus dem Haus trat, begrüsste sie herzlich umarmend. Sie galt als nahe Verwandte, obwohl Giorgio nur ein Cousin zweiten oder dritten Grades gewesen war.

Francesco, der Vater von Antonio, bat Maria und Paul in der Laube des Hauses Platz zu nehmen. Sofort organisierte er einen Teller mit schwarzem Brot, Salami und Speck und eine Karaffe Wein. Die junge Frau von Antonio hiess Agnese und sie setzte sich neugierig an den Tisch. Eine Verwandte auf Besuch ist in Italien immer ein Fest. Ein munterer Austausch begann. Paul lauschte und verstand einige Brocken. Er hörte, dass Maria von ihm sprach. Nach dem langen Gespräch und einer Degustation bestellte Maria einige Pakete «Ripasso della Torre», die nach Winterthur geschickt werden sollten.

Maria wünschte zu wissen, bei welcher Firma sie einen ausgezeichneten Amarone kaufen könne. Vater Francesco empfahl den Masi oder den Tomasi, sie seien gleichwertig gut. Dann überlegte er einen Moment und meinte, der 15er «L'Anima di Vergani» sei besonders gut, im Preis aber an der oberen Grenze. Sein 18er Ripasso werde ihr schmecken. Er könne ruhig noch zwei, drei Jahre liegen bleiben.

Antonio erzählte, dass ihre Firma keinen Amarone herstelle, weil der Betrieb zu klein ist und die Herstellung des grossen Bruders ihres Ripasso die Familie überfordern würde.

Mit Grüssen und Umarmungen und vielen Aufforderungen, bald wieder zu kommen, aber längere Zeit zu bleiben, verabschiedeten sich Maria und Paul.

Maria entschloss sich schliesslich, zu Masi zu fahren und über den Kauf einer grösseren Menge Amarone zu verhandeln. Den Vergani mit dem sympathischen Namen wolle sie aber ebenso gründlich prüfen, was dann auch geschah. Sie fuhren vom Weingut Masi zu Vergani.

Das Gespräch mit den Della Torres empfand Paul als ein Modell, wie Maria in Italien agierte, den Ton fand und damit von Firmen gerne bedient wurde. Auch bei Masi fand sie sofort Anklang. Die Italiener beeindrucke es, wenn Ausländer die Sprache ihres Landes beherrschten. Manchmal erlaubten sie sich beim Gespräch leichte Dialogeinschübe. «Il nostro bejo Ripasso!» – das sei ein Anklang an den venezianischen Dialog, hatte Antonio gesagt.

Maria prüfte keinen Wein ohne einen Kommentar, der jeweils den Verkäufer in der Farbigkeit ihrer Schilderung überraschte. Das geschah auch beim Verkaufschef von Masi, den Maria bis anhin nicht gekannt hatte. Er aber wusste, dass die Firma «Della Torre» in Winterthur eine gute Kundin ist und dass ein Verwandter in Marano lebt. Der Grand-Chef kannte Giorgio, der früher auch Wein bei Masi kaufte. Er schaute kurz vorbei und begrüsste Maria als Frau Della Torre sehr charmant.

Giorgios Grossvater war früh in die Schweiz ausgewandert, aber immer wieder hatte er Firmen im Valpolicella besucht. Er hiess Giacomo. In Italien gelte die Sippentreue sehr viel, erzählte Maria. Die ausgewanderten Mitglieder der Familie Della Torre würden bei einer Hochzeit oder einer Beerdigung sogar aus Amerika anreisen. Darin sahen sie eine erfreuliche oder traurige Pflicht. Sie sei einige Male mit Giorgio zu Familienanlässen gefahren. «Du solltest einmal eine italienische Hochzeit erleben und erst noch diejenige eines Weingutbesitzers.» Da gehe es hoch zu und her. Den Reis, der aufs neugetraute Paar nach der der Trauung beim Ausgang aus der Kirche auf das Paar gestreut werde, würde für einen grossen Risotto reichen. Und dann das Festmahl mit seinen zehn Gängen bis zum folgenden Morgen! Hei! Sei dies ein Triumph des Geniessens, des Gratulierens, der Tänze und des freudigen Lärms. Übersatt würden ältere Herrschaften sogar ein Nickerchen am Tisch einlegen, um bald wieder weiterschmausen und -trinken zu können.

Als die Geschäfte im Valpolicella erledigt waren, fuhr Maria, wie abgemacht, direkt nach Urbino. Sie nahmen den Weg über Verona, Mantua, Ravenna, Pesaro und hinauf nach Urbino. Bei Ravenna überquerten sie den Rubikon. Paul konnte sich nicht enthalten, zwinkernd zu fragen, ob der Rubikon ihr etwas sage. Er unterschätzte die einstige fleissige Gymnasiastin wieder einmal. «Ach Paul! Ich kann dir sogar Cäsars Wort bei seiner Überquerung Flusses lateinisch zitieren: ‹Alea iacta est. Der Würfel ist gefallen, ich werde Rom erobern!›»

Maria kam auf das feine Nachtessen im Hotelrestaurant «Sole» zu sprechen. Es habe ihr derart geschmeckt, dass sie seine Nähe nicht habe missen können. Jetzt, wo sie etwas Distanz habe, könne sie von ihren Gefühlen reden. Die Angst, ihn zu verlieren und die sie schon kurz nach den ersten Briefen beschäftigte, habe sie erfasst, sei plötzlich mächtig geworden. Ein merkwürdiger Klammerinstinkt habe sie gezwungen, ihn zu rufen. Sie danke ihm sehr für die zurückhaltende Nähe. Sie bitte ihn, ihr Verhalten zu verstehen. Sie solle sich keine Gedanken machen, antwortete Paul. Für ihn zähle ihre Gegenwart. Schön sei es, mit ihr durch Italien zu fahren. Gespannt warte er auf Urbino.

Maria hatte, als sie von Masi zum Auto ging, im «Albergo San Domenico» ein Zimmer a due letti reserviert. Paul war es recht.

Das Hotel liegt im Zentrum von Urbino. Maria und Paul einigten sich auf den Besuch des Herzogpalastes, der ein Museum geworden ist, auf die Kathedrale und auf einen Bummel durch die Altstadt. Sie hatten die Zeit zwischen Frühstück und Mittagessen reserviert.

Paul kaufte sich einen kleinen Stadtführer. Der grosse und einflussreiche Rafael, der mit seinen Gemälden die damalige Welt der Kunst eroberte, wurde in dieser mächtigen Stadt geboren. Als Maria die gewaltige Nase des Federico da Montefeltro im Reiseführer erblickte, ging sie so schnell durch die Räume des Palastes, bis sie vor dem Porträt dieses Heerführers stand. Es sei gewiss die wohl weltbekannteste Nase, die je im Gesicht eines Kriegsfürsten zu beobachten gewesen sei. Sie sitze als kräftige Höckernase im Gesicht und wirke bedrohlich.

Der Palast war ein grandioses Denkmal der stolzen Herrscherfamilien, die Urbino und die Umgebung dominierten. Auch der Dom und die um eine Erhöhung herumgebauten mächtigen Paläste zeugen von der glorreichen Vergangenheit. Urbino, die Universitätsstadt, lebt auch heute und ist ein Magnet für Studenten und Touristen.

Als sie die Stadt verliessen, hockte das warme Licht der Sonne auf den Palästen. Der Tag erstrahlte im milden Blau des italienischen Himmels. Die Laubbäume verfärbten sich.

Auf dem Weg nach Gubbio verirrten sie sich und wurden durch die hügelige und etwas müde gewordene Herbstlandschaft mit einigen kleinen Dörfern – mit Hunden auf der Strasse und alten Frauen vor den Häusern – entschädigt. Auch diese Idylle gehöre zu Italien. In Gubbio habe der heilige Franz von Assisi dem Wolf gepredigt, der ihm zahm lauschte. Das Land, das sie durchstreiften, sei voller Sagen und Legenden und viele handelten von ihrem Franziskus.

Maria und Paul beschlossen in Assisi zu übernachten. Im Hotel «Umbra» assen sie auf der Terrasse und blickten hinauf zur Stadt mit ihren Kirchen und Gebäuden, schweiften über die Ebene, die ein leichter Dunst überzog. Über Assisi thronte der Monte Subasio.

Sie erlebten anderntags Assisi als eine in sich sehr geschlossene Stadt, in der die Häuser und Paläste geduckt aneinander lehnen. Nur die Kirchen halten Abstand. Zu schildern, was es da alles zu sehen gibt, hiesse einen Reiseführer schreiben.

Gegen Mittag fuhren sie weiter. Das Ziel war Castelnuovo mit dem Weingut San Felice. Als sie im Talboden von Assisi auf eine mächtige Kirche stiessen, stoppte Maria. Sie wollte die mächtige Basilika besuchen. Es handelte sich um Santa Maria degli Angeli, Portiuncula genannt. In diesem Prachtbau stehe das kleine Kirchlein, an dem Franziskus noch selber Hand angelegt haben soll, las sie im iPhone.

Unter der Vierung fanden sie das Kleinod. Was hatte es zu bedeuten, dass das Kirchlein unter der mächtigen Kuppel des Kirchenraums steht? Die Basilika strahle wenig Gegenwart aus. Paul vermutete, diese Überwölbung des Kirchleins spiegle die Politik und die Taktik der katholischen Kirche wider. Der Papst habe erkannt, dass durch die franziskanische Bewegung und ihrem Armutsgelöbnis die kirchliche Hierarchie mit ihrem Glanz gefährdet sei. So habe er zur schlausten aller möglichen Lösungen gegriffen, um die kirchenfeindliche Gefahr zu bannen, die von Franziskus und seiner mächtigen Bewegung ausging. Er habe ihn heiliggesprochen und ihn damit zur Ehre der Altäre erhoben, sozusagen eingemeindet und zum bevorzugten Diener der Kirche gemacht, gerade so, wie es die Basilika mit dem Kirchlein bildlich darstelle. Das sei im Grund die einfachste Strategie, die jede Macht versuche anzuwenden, indem sie den Bock zum Gärtner mache. Entweder Scheiterhaufen oder Heiliger!

Nach diesem Abstecher in die Kirchengeschichte ging es weiter nach San Vito di Castelnuovo, in das reiche Gebiet der sanften Weinhänge von San Felice. Maria liebte den Vigorello und den Poggio Rosso, die sie in ihrem Geschäft gut verkaufte. Sie hatte, weil sie so gefragt waren, leider keine Flaschen mehr am Lager. Die berühmte Korporation von San Felice wollte sie persönlich kennenlernen.

Leider verirrte sie das Ziel trotz des GPS, das sie im Kreis herumführte. Sie hatte die falsche Adresse eingegeben. So wurde das Suchen zu einer mühsamen Fahrt mit einem Vorwärts und Rückwärts auf schmalen Seitenwegen. Sie gelangten an den Lago di Trasimeno. Die Sonne stand bereits über den toskanischen Hügeln. Die Irrfahrt ermüdete, der Hunger befahl endlich ein Restaurant zu suchen. Schliesslich fanden sie in der Nähe von Passignano das Hotel «Villa Paradiso» mit einem Restaurant. Es dauerte nicht lange, bis Maria nach dem Nachtessen, die Hand von Paul haltend, einschlief.

Nach dem Frühstück erkundigte sich Maria beim Besitzer des Hotels nach dem Weingut San Felice. Sie hätten nochmals suchen müssen. Sie hatten zum Glück keinen Termin mit der Korporation von San Felice abgemacht, hingegen stand der Besuch des bekannten Besitzers eines Weinbergs von Montalcino fest. Dieser war übermorgen fällig. Sie beschlossen, so lange im Hotel zu bleiben, bis sie nach Montalcino fahren mussten.

Das Hotel, etwas abseits von Passignano gelegen, war sehr angenehm. Es lag inmitten eines grossen Parks mit einem Swimmingpool. Das Hotelzimmer, das ihnen zugewiesen wurde, war neu renoviert, das Personal sehr nett, das Essen nicht exzellent, aber gut, der Wein schmeckte ausgezeichnet. Von der Veranda aus blickten sie auf den grossen

Pool und etwas entfernt stand, müde geworden, ein uralter Olivenbaum, der mit vielfach gespaltenem Stamm die Äste trug. Hier liess sich gut sein. In der Nacht war es sehr ruhig, nicht aufregend. Von vier Uhr morgens an krähten Hähne, die sich über die Länge des Landstrichs grüssten und ihr Revier markierten. Maria gefiel das Hotel auf dem Land, obwohl sie das Krähen eine kurze Zeit am Schlafen hinderte.

Nach dem Frühstück spazierten sie zum See und besichtigten das Dorf. Sie setzten sich auf eine Bank am Wasser. Was dachte Maria? Sie war heiter, stoppte Paul, wenn er sich bemühte, ihr etwas zu erklären, und umarmte ihn: «Schön, dass du mitgekommen bist!», wiederholte sie. Als sie Paul immer wieder auf die Wangen küsste, schien sich der göttliche Eros in ihr zu regen. Was würde er mit ihr anstellen, denn Eros ist ein hartnäckiger und verschmitzter Bursche.

Nach dem Mittagessen im Restaurant des Hotels mit gemischtem, gartenfrischen Salat und einer Forelle, fein aus einem gewürzten Sud gezogen, einem Aprikosendessert und einem Tropfen vom besten Wein, den sie im Angebot des Hauses fanden, liessen sie sich in einen Liegestuhl am Pool nieder, plauderten eine kurze Weile, bis Maria der Wunsch überfiel, die Siesta oben im Zimmer zu verbringen.

Nun geschah, was Paul nach dem stürmischen Morgen erwartet hatte. Sie schob sich an ihn heran. Er begann sie zu streicheln, berührte ihr Geschlecht. Sie seufzte leise. Ein leichtes Zittern befiel sie. Er spürte ihren drängenden Körper. Auf einmal war das Zittern verschwunden und sie kamen an jenen Punkt, an dem es keine Rückkehr in den früheren

Zustand mehr gab. Sie liebten sich und wurden an diesem Nachmittag ein Paar. Wie ein Wunder schien Marias Trauma überwunden. Sie sahen einem heiteren, frohen Abend entgegen und verweilten nicht allzu lange beim Essen im Restaurant.

Als sie erwachten, stand die Sonne hoch über dem See, von dem sie einen Zipfel sahen. Paul ging in den Garten und begann darüber nachzudenken, was sich in dieser Nacht vollendet hatte. Er hatte nicht gedacht, dass Maria die Liebe derart Art wild erleben würde. Irgendwie äusserte sich darin ihr Charakter. Die lange Zeit des geduldigen, aber spannenden Wartens auf Maria war für ihn zu Ende gegangen. Das Trauma würde nicht ewig die Nähe zueinander behindern, war ihm schon länger bewusst gewesen. Eros, der schon seit einiger Zeit mit ihnen spielte, würde auch Marias Körper geschmeidig machen. Sie besprachen den Tag und die erlebte Nacht. Paul wusste, dass man darüber sprechen musste. Gute Worte würden dem Ereignis eine besondere Würde geben.

Er sagte, sie habe in grosser Liebe ihren Sohn empfangen. Ihr Leib habe erlebt, was es bedeute, Peet zu lieben. Er, Paul, habe stets ihre Sinnlichkeit gespürt. Sie habe sie im Geschäft, aber auch bei der Lektüre schöner Bücher ausgelebt. Wie sie einmal gesagt habe, gute Lösungen benötigen einen langen Umweg. Das war der Ruf Italiens, lächelte Maria. Es sei wie bei den Qualitätsweinen, die im Eichenfass reifen. Man könne nichts erzwingen. Grosse Dinge müssten sich ergeben. Sie gebe ihm recht, wenn er sage, die Liebe sei ein Geschehnis, das sich ereigne.

Nun also war geschehen, was geschehen musste, waren sie sich einig. Der Eros besitze jene gewaltige Kraft, dem der Mensch nicht gewachsen sei. Die Griechen hätten die Liebe nicht umsonst der Göttin Aphrodite unterstellt. Es sei der Amor fati, der nun ihr Schicksal bestimme. Etwas überhöht, fügte er hinzu, wenn Gott Amor klug sei, baue er die Liebe zu einer Kathedrale. Eros alias Amor sei nicht nur ein Baumeister, er sei auch ein grosser Erfinder.

Maria genoss die Formulierungen ihres Freundes oder Mannes, obwohl sie unter anderen Umständen gesagt hätte, es klinge kitschig.

Auf der Fahrt blieb das Ereignis das grosse Thema. Eros sitze mehr im Kopf als im Fleisch. Dort sei die Steuerungszentrale. Er sei tätig in allen Dingen. Ohne ihn gebe es keinen guten Weinbauer, keine Geschäftsinhaberin, keinen Koch, keinen guten Unternehmer. Denn wo er fehle, bleibe das Leben fahl und eintönig. Sie waren sich einig, dass es eine Übermacht gebe, der man nicht ausweichen könne, ohne krank oder gehemmt zu werden. Paul sprach von seiner Arbeit. Er sei stets von einem starken Wollen und einer Lust angetrieben gewesen, die grosse Mannschaft des Unternehmens zusammenzuhalten. Er sei nicht nur ein Denker, er sei auch ein Poet, erwiderte Maria. Ohne Leidenschaft gelinge nichts. In jedem Beruf benötige es eine erotische Kraft des Engagements. Das spüre er überdeutlich, wenn er in ihren Laden trete und jetzt erst recht, wo er erlebt habe, wie sie mit den Della Torres gesprochen und beim Weinkauf verhandelt habe. Er bezog seine Meinung auch auf seine frühere Arbeit. Aus

Mangel an erotischer Kraft würden Arbeiten, Berichte und eine Personalzeitung schal und langweilig. Maria erinnerte an das Gespräch über den römischen Brunnen und knüpfte an Pauls Typologie von Statue und Schale an.

Wer war Maria? Eine sorgfältige Besitzerin ihres Geschäftes und eine warmherzige Verkäuferin ihrer Waren. Stets begrüsste ein Blumenstrauss die Kunden in ihrem Laden. Die ersten Briefe hatten ihn schon begeistert, in den Bann gezogen. Eros kam auf weichen Pfoten wie die einer Katze und schmeichelte ihm. Er spürte, wie ihm etwas geschenkt werden würde, auf das er in seinem Leben lange verzichten musste. Intuitiv wusste er, als er dann ihre Geschichte hörte, dass er mit ihr den Weg weitergehen solle. Er musste ihr Vertrauen gewinnen.

Paul genoss, wie sich der Duft von Marias Körper zu verändern begann. Ein angenehmes Parfüm steigerte die Zuneigung und gab ihm ein Gefühl der sinnlichen Zusammengehörigkeit und so sagte er vergnügt, sie werde bei der Rückfahrt nach Winterthur italienisch riechen. Maria lachte, erfreut über ihren Poeten, und sagte, er meine gewiss ihr J'adore. Ihr Blick habe sich verändert. «Ja, wie?», wollte sie wissen. Er könne nur sagen, er sei zärtlicher geworden. Sie habe hier in Italien die Geschäftsfrau abgestreift. Sanfter, leiser, zustimmender erscheine sie ihm. Wer Briefe schreibe wie sie, wünsche sich ein Du, das verstehe und begehre. So enthülle sich der Kern der Lebensliebe, schloss er und überraschte sich selbst, wie blumig er sprach.

Nach dem Frühstück beabsichtigten Maria und Paul über Montepulciano nach Montalcino zu fahren. Ein Ehepaar aus Winterthur hielt Maria auf und fing mit ihr an zu plaudern. Es handelte sich um Kunden ihres Geschäftes. Der Mann grüsste Paul, als ob er ihn kennen würde. Paul aber lief zum Auto und öffnete die Türe. Er fürchtete, sie würden sich verspäten oder er spielte sein Als-ob. Nach einer Weile rief er Maria, sie müssten fahren, die Zeit dränge. Sie riss sich von den Leuten los, sagte noch, sie müsse einen Weinproduzenten besuchen und ging zum Auto. Paul sass am Steuer. Sie fuhren an Castiglione del Lago vorbei und erreichten am frühen Vormittag Montepulciano, die hügelige robuste Kleinstadt, die sich bis zur Piazza Grande steil zur Hügelkuppe hinaufzieht. Sie schlenderten die Hauptstrasse, die von Geschäften und Weinlokalen gesäumt ist, hoch und bewunderten, oben angekommen, den grossartigen Platz mit dem Regierungsgebäude, dem Dom und den Palästen. Überall prangte das Wappen der Medici. Auch an den Bauten liess sich der Einfluss von Florenz erkennen.

Paul war das erste Mal in dieser imponierenden Kleinstadt und wünschte sich mehr Zeit für die Besichtigung. Maria kannte die Stadt am Hang. Sie konnte Paul aber die Zeit, sie intensiv zu besichtigen, nicht gewähren. Bei der nächsten Fahrt in die Toskana könnten sie der Stadt mehr Aufmerksamkeit widmen. Sie assen einen leichten Imbiss neben dem Brunnen auf dem Hauptplatz mit Blick auf den Dom.

Von Montepulciano stamme der Vino nobile und der Poliziano, den sie in ihrem Sortiment anbiete. Der Poliziano sei bei Kunden sehr geschätzt.

Maria mahnte bald zur Abfahrt. Sie wollte rechtzeitig in Montalcino sein. Wenn es einen Garten Gottes, ein Paradies, gegeben habe, so sei es in dieser Gegend gewesen, in der Toskana zwischen Montepulciano und Florenz, waren sie sich einig.

Um drei Uhr erwartete sie Luciano Crivelli, der Weinbauer in Montalcino. Auf einer eher aufregenden Fahrt nach Montalcino redete Maria von der unterschiedlichen Qualität der Weine. Unter Kennern sei es kein Geheimnis, dass die Montepulciani sich von der Güte des Brunello herausgefordert fühlten. Was aber seiner selbst spotte, sei der Missbrauch des Namens Brunello. Es gebe durchaus einen zweitrangigen Wein für den raschen Verbrauch, der sich des Namens bediene. Darum sollte man die Lagen und den Winzer kennen, der ihn produziere. Der gewöhnliche Brunello habe nicht die wunderbare Schwere, nicht die Wucht des grossen Brunello. Das sei einer der Gründe, warum sie immer wieder in das Gebiet von Montalcino fahre. Sie finde dort einen sehr schmackhaften Chianti, der von guten Weinbauern zu einer Grösse gekeltert und nicht leicht von mittelmässigen Produzenten erreicht werde. Sie habe einige gut gealterte Weine aus der Gegend, die im Parfüm der sanften Herbheit des Bordeaux recht nahekämen. Häufig würden vier Rebsorten mit unvergorenem Most aus ausgetrockneten Trauben dem Wein beigegeben. Er werde in Eichenfächern gelagert, bis er duftend nach Holz im Abgang eine warme Spur bis ins Sonnengefecht ziehe. Im fein klingenden Weinglas wirke er lebendig und besitze eine wunderbare Blume. Der Wein bilde am Glas zerfliessende Tropfen, die man als Tränen bezeichne. Diese seien ein gutes Zeichen für die Konsistenz und Qualität eines edlen Tropfens.

Maria sprach über diese Weine, als wäre sie eine Dichterin. Sie hatte schon unterwegs vom Vigorello in den farbigsten Tönen berichtet, als hätte sie einen lebhaften Traum zu erzählen. Wenn sie von den besten Weinen schwärmte, war sie in ihrem Element. Ein guter Vigorello, aber auch ein Brunello, sei im Mund angenehm lebendig und bleibe mundgerecht, bis die Flasche leer sei. Gehalt und Duft blieben bis zum letzten Schluck unverändert schmackhaft. Aber nicht jeder Jahrgang erreiche die allerhöchste Qualität. Die Trauben seien Wochen vor der Ernte sonnenhungrig. Sie habe noch einige Riserva della Patrona im Keller. Sie werde ihm einen Vigorello kredenzen.

Als sie einige Minuten vor drei Uhr auf dem Weingut ankamen, trat ihnen der Besitzer Luciano Crivelli lachend entgegen. Er trug ein kräftiges, zerzaustes Haar. Sein stattlicher Bauch mit der athletischen Figur war ein sichtbares Zeugnis eines guten Lebens. Der Hofhund sprang auf Paul zu. «Scusate signore, fa niente», und schon umarmte Crivelli Maria kräftig.

Ein viereckiger Turm und ein altes Steinhaus standen neben einem grossen Weinkeller mit Eichenfässern, daneben ein Geräteschuppen. Dieser feurige Mann sprach mit Maria wie mit einer Geliebten. Sie lobte ihn: «Giannotto, immer noch der gleiche, der ewig junge und feurige Mann wie dein

Grappa.» Er streckte sich. Sein ordentlicher Bauch wirkte keineswegs wie eine Liebesbarriere.

Crivelli führte Maria und Paul in einen Raum, wo die Flaschen in Reih und Glied wie in einem Museum standen, schön geordnet nach Jahrgängen. Auf den Etiketten prangte das Wappen der Crivelli mit dem Turm und dem alten, stattlichen Steinhaus. Der Stolz der vielen Generationen erschien sprichwörtlich auf der Reihe der Flaschen, deren Etiketten grafisch der Mode der Zeit angepasst waren. Crivelli tischte im Empfangsraum des Weinkellers Parmesan, Schinken und hartes Brot auf und entriss der Flasche den Zapfen. Er roch an ihm, hielt ihn Maria hin und sie fand, der Zapfen sei in Ordnung. Der Brunello war noch jung, im letzten Herbst gekeltert. Crivelli sagte: «Der kommt gut. In zwei, drei und mehr Jahren hast du den schönsten Brunello, den du teuer verkaufen kannst.» Er bereitete den Teller vor, schnappte nach einem Schinkenstreifen, kostete den Wein und machte Spässe und Komplimente. So gut und frisch habe er Maria noch nie gesehen. Wie es denn Giorgio gehe. Er sei in die ewigen Weinberge des Herrn eingegangen, sagte sie. «O, scusa! Da quanti anni.» Sie unterhielten sich vergnügt über den liebenswerten Giorgio, der sich beim letzten Besuch wie ein Weinfass kaum mehr bewegen konnte. Dafür hatte er Maria gestattet, dem blühenden Gianni zu flattieren, gar ein wenig zu karessieren.

Nach dem Imbiss begann die Weinprobe, die sich in die Länge zog. Gianni zwang Paul, die verschiedenen Grappas zu probieren und wünschte von ihm ein Urteil. Auf einmal lachte er und sagte zu Maria, man sehe ihrem Paolo an, dass der Grappa wirke. Paul machte grosse Ohren. Er verstand nicht, weshalb die beiden lachten. Gianni sprach so schnell und teilweise in Dialekt, dass er vermutete, hier werde eine alte Geschichte aufgefrischt.

Maria bestellte die gewünschten Weine, insgesamt über zweihundert Flaschen. Paul sollte den Grappa auswählen. Er war unsicher, und als er sich endschied, lobte ihn Crivelli, er sei ein Kenner, was Paul sofort dementierte. Nein, den von ihm gewählten hätte er Maria auch empfohlen, bestärkte Gianni.

Maria und Crivelli unterhielten sich ausführlich, sprachen wiederholt über Giorgio. Paul hörte den Namen, aber er verstand wenig. Er begann mit dem Hund zu spielen. Dann trat er ins Freie und schaute von der Terrasse über den leicht fliehenden Abhang in die Ebene hinunter. Das Laub der Reben hatte sich gefärbt. Mit seinem gebrochenen Italienisch wollte er von Crivelli wissen, wo seine Weinberge an die seiner Nachbarn grenzten. Gianni zeigte auf Hecken und kleine Steinmauern. Eine umfangreiche Fläche von mehreren Hektaren umfasse seinen Weinberg. Er wisse nicht genau, wie viele es seien. Die Hecken seien ein Paradies für Vögel und die Mauern für Eidechsen und kleine Schlangen, übersetzte Maria.

Mit diesem Crivelli, dachte Paul ein wenig eifersüchtig, könnte Maria Wunder erleben. Er stellte sich vor, wie die Männlichkeit dieser frohen Figur eine Geliebte anziehen würde. Figur, dachte er, weil er in ihm das Maskuline eines typischen Italieners sah. Giorgio sei nie eifersüchtig gewesen, hatte Maria einmal gesagt.

Als sie sich verabschiedet hatten und Gianni auf der Weiterfahrt das Gesprächsthema blieb, meinte Maria auf einmal: «Ach Paul, ich glaube, ich muss aufhören über diesen Gianni zu sprechen. Er ist halt einfach ein toller Kerl und Meister seines Faches und so eloquent, dass du ihm einfach zuhören musst. Er ist die ungenierte Selbstverständlichkeit eines wohlhabenden Italieners, der sich gerne Spässe erlaubt und schöne Worte gebraucht, um zu testen, wie er auf Frauen wirkt.»

Maria fuhr auf dem Weg nach Volterra. Sie versuchte die Eifersucht von Paul zu dämpfen. «Du kennst mich. Du weisst, wer ich war. Die italienischen Männer gefallen sich, wenn sie sich reden hören. Du kennst meine Freude, in dieses gelobte und eloquente Land zu fahren, wo der Wein und das Reden gepflegt werden. Das beherrschen alle und selbst die Städte, die vielen Winkel, die lauschigen Ecken und die Lauben das Chiacchierare.»

Maria steuerte den Wagen über die engen Strassen, die ganz in die Landschaft verwoben sind, und fuhr über Monticiano nach Volterra, wo sie ein Zimmer reserviert hatte. Obwohl Maria mit dem letzten Satz das Gespräch über Crivelli beendet zu haben glaubte, kam sie immer wieder auf diesen lebensfrohen Giannotto, wie sie ihn auch liebevoll nannte, zu reden, lobte seine Herzlichkeit und die Freude, die er Menschen entgegenstrahlt. Das Gespräch über den Besuch dauerte an.

Paul sagte: «Du warst recht lustig. Er hat dir tief in die Augen geschaut.»

«Bist du eifersüchtig? Ach, ich habe ein wenig das Weibchen gespielt.»

«Das ‹-chen› kannst du weglassen.»

«Du weisst doch, wie ich vor Passignano war. Einmal veranstalteten die Crivellis mit einigen Nachbarn ein Fest auf ihrem Hof. Ich tanzte mit Gianni. Noch nie hat mich ein Mann beim Tango im Schwung und so kräftig haltend fast auf den Rücken gelegt, sodass ich glaubte, ich berühre mit den Haaren den Boden. Ich genoss den Tanz sehr. Es fiel sogar Giorgio auf. Er gönnte es mir.»

«Daran hast du dich heute erinnert?»

«So etwa, aber der Giannotto ist ein typischer Instante-Italiano, der sich überschwänglich ins Zeug legt. Und heute, nachdem ich zum zweiten Mal entspannt die Jungfrau abgelegt habe, war ich besonders guter Laune und fröhlich. Es beginnt ein neues Leben. Giannotto, wie du weisst, war nicht der Initiant dieses Neubeginns. Denjenigen, der ihn eingeläutet hat, kennst du besser als ich.»

Paul schämte sich, dass er diese Diskussion ausgelöst hatte. Maria beschloss, mit Paul bei Gelegenheit ein Tanzlokal aufzusuchen, wo er den Tango üben könne.

Paul sagte wie ein Blitz aus heiterem Himmel: «Du hast recht, den Tango beherrsche ich nicht perfekt!»

Die energische Maria bemerkte darauf nur: «Basta!»

Schon bald erreichten sie Volterra und fuhren zum gleichnamigen Hotel, in dem Maria das Zimmer reserviert hatte. Sie wurden herzlich begrüsst und gingen mit dem Lift hinauf, ruhten sich kurz aus, unternahmen vor dem Essen einen kleinen Stadtbummel. Um halb acht assen sie im Restaurant des Hotels.

Der Brunello von Crivelli war nach italienischen Verhältnissen sehr teuer. Als Maria ihn bestellte, sagte der Kellner nur: «Wauw!» Es rutschte ihm aus dem Mund und er schaute etwas beschämt zu Boden.

Maria bezeichnete den Wein, mit dem sie anstiessen, als Giannotto. Einmal, als sie einen Brunello hervorragend fand, bezeichnete sie ihn sogar als Giannone. Hatte dieser herbduftige Mann sie verwirrt? Es war egal, denn die Lebenslust des Tages kam Paul zugute und er spürte während des Tischgesprächs, dass Maria den Gianni Crivelli zu vergessen begann. Der Brunello passte hervorragend zum blutigen Lammstück auf dem fein gewürzten Gemüsebett, leicht angebraten, mit einem Schaumwein gewürzt und sehr zart.

Ein leichtes, italienisches Mahl.

Wieder diese grossartigen Plätze, auf denen die Italiener am Abend und an Feiertagen sich versammeln, plaudernd herumstehen oder auf und ab schlendern. Es ist das Ritual, das jeden Abend bei warmem Wetter wiederholt wird. Maria und Paul genossen den Abend auf der belebten Piazza. Die Leichtigkeit der gestimmten Zungen, die sich zu übertönen schienen, füllten auch die nahen Gassen und versickerten erst, als sie sich ein wenig entfernten.

Am nächsten Morgen dann spazierten sie eine Handwerkergasse hinunter, vorbei an Läden und Ateliers, wo der Alabaster bearbeitet wird. Die Kauflust ergriff sie. Ein Erinnerungsgeschenk musste nach Hause gebracht werden. Maria kaufte eine sehr schön bearbeitete Karaffe mit eingeritzten Motiven von Trauben und dazu zwei teure Trinkgläser. Paul erwarb sich ein Schachspiel mit der Bemerkung, wenn ihnen nichts mehr zu reden einfalle, könnten sie sich Weiss gegen Braun an den Tisch setzen.

Nach dem Einkauf besuchten sie San Gimignano, die Stadt der vielen Türme. Sie steht wie ein mächtiger Kranz auf dem Hügel. An der Grösse der Türme könne man den Einfluss und den Stolz der regierenden Sippen ablesen. Was der Geltungsdrang doch alles zustande bringe, staunte Maria. Dieser habe den Städten den Glanz verliehen, der heute Touristen in Massen anziehe. Wie wären sie sonst nach San Gimignano gefahren. Und wenn sie bald in Siena ankommen würden, werde sie der Dom und die grandiose Piazza del Campo erst recht in Staunen versetzen. Paul kannte Siena nicht. Er werde überrascht sein.

Siena faszinierte Paul als eine besonders attraktive Stadt. Sie habe mit Florenz konkurriert, las er im iPhone. Ein Bilderbuch-Tag zeichnete sich ab. Die Kathedrale war derart reich geschmückt, dass das Auge sich nicht sattsehen konnte. Allein die Bibliothek von Kardinal Piccolomini war so kunstvoll ausgestattet, dass sie wie trunken von der Schönheit nicht wussten, wem sie die grössere Aufmerksamkeit schenken sollten, der Bibliothek oder dem Marmorboden und den Deckengemälden der Kathedrale. «Paul, wir werden später einmal ein längeres Wochenende in Siena buchen. Ich bin im

Moment nicht fähig, dem Gesamtkunstwerk dieser Kirche die volle Aufmerksamkeit zu schenken.»

«Ein Eindruck genügt, Details gehen schnell vergessen», gab Paul zu.

«Gehen wir doch auf die Piazza del Campo hinunter und bleiben dort etwas länger sitzen.»

Sie hatten Lust, etwas zu essen. Als sie über die Treppen hinunterstiegen und die Piazza erreichten, staunte auch Maria wie vor Jahrzehnten, als sie mit einer Freundin in Siena gewesen war. Ihre Liebe zu Paul war in diesen Tagen so stark, dass die Lust, alles zu betrachten, zweitrangig geworden war. Sie sassen in der Nähe des «Fonte Gaia» auf einer Treppe.

«Du hast recht, Paul, wir sammeln Eindrücke.»

«Ich werde mich auf einen erneuten Besuch vorbereiten.»

«Kehren wir doch ins Hotel zurück ...»

Paul unterbrach: «... und ergeben wir uns der Lebensfreude.»

Eine eigenartige Müdigkeit hatte sie ergriffen, die endlich Ruhe heischte. Sie spazierten durch enge Gassen und erreichten nach längerem Schlendern das Hotel am Rand der Altstadt. Der Abend sickerte herein und wurde zum speziellen Sieneser Erlebnis, auf das sowohl Paul als auch Maria auf der Heimfahrt immer wieder zu sprechen kamen. Müdigkeit paarte sich mit Sinnlichkeit und verschaffte ihnen einen guten Schlaf.

Gegen Morgen erwachte Paul und dachte über die wunderbare Verwandlung seiner Maria nach. Ihr Temperament und ihr wahrer Charakter begangen sich auf leichte Art und Weise von dem abzuheben, worin er doch immer die Geschäftsfrau gesehen hatte. Italien hatte sie verwandelt. Sie war in allen Teilen die dynamische, energische Frau, die die Weinhandlung mit dem Spezialitätengeschäft ergänzt hatte. Sie verkörperte Unternehmergeist und Wagemut. Wie sie im Valpolicella und Montalcino verhandelt hatte, bezeugte ihr Kraft und Entschiedenheit. Als sie über den Tanz mit Crivelli schwärmte, öffnete sie ihr Herz. Das wilde Mädchen erwachte. Der Übermut eines Kindes, das über Fusswege, Steine und Gräben hüpfte, schien sich abzuzeichnen. Würde Paul ihren wilden Seiten genügen? Die Diskussionen wurden lebhafter. Maria verkroch sich nicht in ihrem Ernst, wie er sich manchmal auf ihrer Stirn abgezeichnet hatte, wenn sie philosophierten. Paul hingegen glaubte, Italien habe eher seine ruhige und vorsichtige Seite hervorgekehrt. Das lange Warten auf die erfüllte Liebe machte ihn feinfühlig. Es sei schwierig, das Leben zu ändern, las er in einem Werk. Aber auch Paul hatte sich geändert. Diese Geschäftsreise, dieses Italien, das Licht über dem Trasimenischen See und die milde Herbststimmung in den Hügeln der Toskana blieben aufbewahrt in seinem Gemüt. Es vermählten sich Pauls Charakter mit Marias Temperament, sodass er fest überzeugt war, dass er sein spätes Glück gefunden habe.

Wie aber würde Paul in Zukunft eine Tätigkeit finden, die ihn erfüllte. Es war ihm bewusst, dass man im Alter nichts anderes tut, als dasjenige auf neue Art weiterzuführen, was man schon immer getan hatte. Im Valpolicella war ihm eingefallen, die Geschichte der in die Schweiz ausgewanderten Familie Della Torre bis zu Giorgio zu schreiben. Paul hatte ein gewisses Flair entwickelt, Porträts von Menschen zu verfassen. Bei ihm zu Hause lagen dicke Ordner von Skizzen und Tagebüchern, die er ordnen konnte; und dass er Gedichte schrieb, hatte er Maria verheimlicht.

Pauls Wunsch, in Florenz einige Tage zu verbleiben, gönnte sich auch Maria wie einen zusätzlichen Lohn für ihre harte Arbeit. Sie telefonierte ihrem Stellvertreter, erfuhr, dass das Geschäft gut laufe, fragte Claudio, den jungen Chef des Feinkostladens, was fehle und beauftragte ihn, zu mailen, was sie in Italien bestellen oder mitbringen solle. Sie teilte schliesslich mit, dass sie noch drei, vielleicht sogar vier Tage länger in der Toskana bleiben würde als vorgesehen.

Paul wünschte, dass Maria ein Hotel in Fiesole buche. Sie könnten oben auf dem historischen Hügel, den er kenne und wo die Römer Spuren hinterlassen hätten, das Auto parkieren und mit dem Bus hinunter in die Stadt fahren.

Sie quartierten sich im Hotel «Villa» ein. «Wir überlassen uns dem ‹Lasciare fare›», lächelte Maria. Paul gefiel die Aussicht, aber er hatte auch die Kunst im Sinn. «Für mich stehen das Nationalmuseum Bargello und die Brancacci-Kapelle im Vordergrund.»

«Das ist sehr gut. Ich habe nämlich auch einen Vorschlag. Du kannst raten.»

«Bitte, mache eine Andeutung.»

«Die Basilika Maria Novella in Florenz.»

Paul überlegte sich, der Ort und die Kirche sagten ihm nichts.

Maria hatte im Hotelrestaurant einen Tisch reserviert. Um halb sieben Uhr gingen sie auf die Terrasse. Die Sonne stand schon tief über den toskanischen Hügeln. «Heute ist ein Fest», sagte Maria, «der Abschluss meiner Geschäftsreise!» Sie bestellte ein Glas Champagner. Auf der Weinkarte stand unter vielen guten Weinen auch ein Tignanello zur Auswahl.

«Wir werden prüfen, ob er den Brunello von Crivelli überragt.»

«Den Wein deines Giannotto!», grinste Paul.

Sie studierten die Menükarte. Das Angebot war variantenreich. Frische Venusmuscheln als Vorspeise und ein Hummer als Hauptgang mit Reis und gedünstetem Gemüse verhiessen Paul ein Festmahl. Maria gefiel der Vorschlag: «Dein Symposion!», raunte sie.

Der Tignanello dünkte Maria eine Spur besser als der Brunello. «Das macht die gute Stimmung aus», meinte Paul. «Je länger der Abend dauert, desto besser wird der Wein.» Diese Bemerkung gefiel Maria ganz und gar nicht.

«Je fröhlicher die Menschen, umso weniger achten die Trinker die Qualität des Weines», monierte sie.

«Also nicht wie bei der Hochzeit zu Kana ...»

«... wo zuerst der schlechtere serviert wurde und dann, als die Gäste betrunken waren, oh Wunder, der bessere.»

Paul schwieg und Maria fragte, was er notiere. Auf der Rückseite der speziell für den Abend gestalteten Menükarte schrieb Paul:

Wie labt mich
der Tignanello, der
spürbar schwer
durch die Kehle
sickert,
im Sonnengeflecht
jubelt, noch
im Traum singt,
bis dich der Hahn weckt.

Maria, neugierig, fischte Paul das Menüblatt aus der Hand, las und rief erfreut: «Ein Gedicht!»

«Nur ein Trinkspruch auf das Mahl. Er soll das Motto sein, dass wir angekommen sind.»

Als sie um zehn Uhr endlich im Zimmer waren, sagte Maria, nochmals das Gedicht lesend: «Ist es richtig, dass das Sonnengeflecht jubelt?»

«Ein spontaner Einfall! Denke, was dir einfällt.»

Beim Frühstück besprachen sie den Tag. Zuerst wollten sie das Römische Theater in Fiesole besichtigen und dann langsam und gelassen nach Florenz fahren, bummeln, zum Dom und auf dem einem Platz in der Nähe des Rathauses sitzen und die Menschen beobachten. Am zweiten Tag dann die vorgesehenen Sehenswürdigkeiten besichtigen und stets auch ein wenig improvisieren.

Sie spazierten leichten Fusses zum Römischen Theater. Es lag am Rand von Fiesole, nur ein paar Schritte vom Hotel

«Villa» entfernt, schön hineingebaut in den Hang mit Blick auf die toskanischen Hügel. Auf den bewaldeten Anhöhen stachen burgartige Villen aus den Wäldern heraus. Sie setzten sich auf eine steinerne Sitzreihe und wechselten von Zeit zu Zeit den Platz. Paul kritzelte Notizen auf ein Blatt und gab sie Maria zu lesen. «Die Reise hat aus dir einen Dichter gemacht», flüsterte sie.

Grosse Vergangenheit
spricht aus dem Halbrund
mit den abgeschliffenen Steinbänken,
wo einst über Jahrhunderte
Menschen
beim Spiel der Barden,
der Schauspieler mit Masken
von Schicksalen
bewegt wurden …

«Das ist ja wieder ein Gedicht!» Maria fand die Verse gelungen.

Paul winkte ab.

«Es ist ein spontaner Versuch, keineswegs fertig, nicht gefeilt und gebaut wie das Halbrund des Theaters, es ist noch ein Plan.»

Da erlebten sie eine Überraschung. Ein grosser, kräftiger Mann stieg die Treppen hinunter zur ehemaligen Bühne. Er drehte sich langsam zu den wenigen Zuschauern auf den Rängen. Er legte die Hände ineinander wie zum Gebet, schaute hinauf zu den Zuschauern und begann mit gewaltiger Stimme zu singen: «Va pensiero su ali dorate ...» Sein Gesang erfüllte den Raum, als wäre er geschlossen. Als er die Arie gesungen hatte, riefen einige Deutsche unisono: «Zugabe, Zugabe!» Und er sang den italienischen Schlager *O sole mio*, der Emotionen auslöste; ein Ohrenwurm eben, ein sicherer Treffer auch bei Touristen.

Maria, stieg hinunter zur Plattform, gab dem Sänger einen Euro-Schein und vernahm auf ihre Frage, er singe an der Oper von Hamburg. Woher hatte sie den Mut genommen, vor all den Leuten zur Bühne hinunterzusteigen?

Der Bus führte sie nach Florenz. Sie blieben auf einem Platz sitzen, tranken einen Espresso und Wasser und beobachteten die Leute, meistens Touristen wie Paul und Maria. Sie gingen langsam und bedächtig weiter, vorbei an stattlichen Gebäuden, standen staunend vor der Kathedrale Santa Maria dei Fiori, bewunderten die Fassade und das Baptisterium. Eine lange Reihe von Touristen wartete vor der Kathedrale auf den Eintritt. Maria mochte nicht anstehen. Sie spazierten Richtung Ponte Vecchio, kamen zurück auf die Piazza della Signoria, liessen sich in einem Café bedienen, beobachteten die lange Schlange vor dem Eintritt in die Uffizien, der wichtigsten Gemäldesammlung der Stadt, kehrten allmählich zurück zum Bahnhof und liessen sich mit dem Taxi nach Fiesole fahren.

Der zweite Tag begann mit einem Blick über das antike Theater, wo sie in der Nähe eine Weile auf den Bus warteten.

Im Nationalmuseum Bargello betraten sie später die Ausstellungsräume, und schon standen sie mitten im Raum der Skulpturen. Sie gingen bewundernd zu den Sklaven des Michelangelo, die zum Teil als Torsi aus dem Marmor gehauen vor ihnen standen. Eine unfertige Skulptur rege an, sie zu vollenden. Giambologna faszinierte ebenso wie der entzückende *David* von Donatello. Ein gewaltiger Reichtum von Kunst umgab sie. Sie schweiften umher und reservierten sich als Höhepunkt den *Bacchus* von Michelangelo, den sie schon umschweift hatten. Vor ihm kniete Paul nieder und Maria tat dasselbe. Die Zuschauer belächelten die Zeremonie, vielleicht aber verstanden sie sie auch. Für die Zuschauer galt die Kniebeugung Michelangelo, dem grossen Meister, für Maria und Paul aber war sie dem *Bacchus*, dem römischen Gott der Reben und des Weins, dem griechischen Dionysos gewidmet.

Die Körperbewegung des Gottes, leicht in den Rücken geneigt, verstärkte die Wirkung des jugendlichen Gottes. Der mit Trauben geschmückte Kopf, der verschämte Blick zum hochgehobenen Becher, im Rücken der bocksbeinige Pan, der schelmisch lächelnd und von seinem Gott fasziniert schien. Pan weiss, dass er mit seinem Herrn Feste feiern wird, wenn immer sich eine Gelegenheit bietet. *Bacchus* zog Paul derart an, dass er immer wieder zu ihm zurückkehrte. Michelangelo habe die Seele auf die Marmorhaut des Gottes gezaubert. Maria nickte und ging bald in den oberen Stock des Museums, kam herunter und rief: «Paul, komm und bewundere den in Eisen gegossenen Hahn von Giambologna und all die anderen Tiere, die er geschaffen hat!» Sie schauten sich im hohen

Saal um, standen vor den Majoliken der Della Robbias und bestaunten weitere Meisterwerke.

Bevor sie das Nationalmuseum Bargello verliessen, ging Maria nochmals zum *Bacchus* und flüsterte Paul zu: «Du hast recht, der Marmor bringt seine Sinnlichkeit zum Schimmern, sie offenbart die Seele des Gottes.»

Maria kaufte Karten. Den Gott der Reben müsse sie auch zu Hause noch betrachten können. Sie liess sich zusätzlich ein Poster des *Bacchus* in eine Kartonröhre einpacken. «Damit du es im Schaufenster ausstellen kannst», frotzelte Paul. «Das ist für die Leute etwas gar verwirrend. Ich will die neue Haut nicht den Gaffern preisgeben.»

Das war vielsagend. Nur Paul konnte den Satz verstehen.

Maria nahm den Stadtplan aus der Tasche.

«Die Kathedrale Santa Maria Novella liegt ganz in der Nähe. Wir könnten auf der Piazza vor der Kirche etwas Kleines essen und dann in den Kirchenraum gehen.»

Als sie auf den grossen Platz einbogen, leuchtete ihnen die Fassade der Kathedrale von Weitem entgegen. Was wollte ihm Maria demonstrieren? Als sie nach einem Imbiss in den reich ausgestatteten Kirchenraum traten, einer der schönsten und grössten von Florenz, stellte sich Maria etwas abseits und flüsterte: «Hast du erraten, was einst in diesen Räumen geschah?»

Paul wich aus und redete von der überwältigenden Schönheit der Kirche mit ihrer monumentalen Grösse.

«Man muss die Kathedrale doch gesehen haben», flüsterte er schliesslich.

«Da hast du recht, aber hier in dieser Kirche begann eine grosse Geschichte.»

«Du machst es spannend.»

«Aber ich bin sicher, dass du sie kennst.»

Als Maria Paul noch etwas zappeln liess, bemerkte er: «Du spielst mit mir?»

«Wer unter uns, Paul, ist der Literat und Kenner von zahlreichen bedeutenden Werken der Weltliteratur?»

«Hat diese Kathedrale mit Literatur zu tun?»

«Sehr wohl! Denke an die Pestzeit von Florenz. Hier in diesen Raum hielten sich einst sieben edle Damen auf und entschlossen ...»

«... und drei Männer?», unterbrach sie Paul.

«Erraten! Hier begann die weltberühmte Erzählung, die Boccaccio lustvoll im berühmten *Decamerone* schildert.»

«Ich habe die hundert Geschichten früher einmal gelesen.»

Maria hatte vor der Abreise eine neue Übersetzung, reich kommentiert von einem Philosophen und Mittelalterkenner, gelesen.

Paul googelte im iPhone und stiess auf Kurt Flasch, Philosoph und Historiker, auf einen der besten Kenner der Früh- und Mittelaltergeschichte Italiens und seiner Kultur. Kurt Flasch, las er, habe in seiner neuen Ausgabe die besten Geschichten ausgewählt, neu übersetzt und kommentiert.

Am dritten Tag ihres Florenz-Aufenthaltes besuchten sie die Brancacci-Kapelle, die reich mit Fresken unzählige Geschichten erzählt. Paul liess Maria Zeit, bis sie auf das Fresko *Vertreibung aus dem Paradies* von Masaccio stiess. Das starke Bild berührte sie sofort sehr, sodass sie lange stehen blieb. Sie erinnerte sich an Munchs Bild *Der Schrei*, das ihr in der schweren Zeit ihrer Einsamkeit für ihre Meditationen diente. Mit der Dauer der Zeit und den verschiedenen Erlebnissen habe sie die Kopie des Gemäldes weggelegt. *Der Schrei* habe sie jedes Mal aufgewühlt. Und nun hier dieses Bild mit dem Schrei der Eva! Er schrecke sie nicht mehr, weil sie selber einen Adam an ihrer Seite habe, frotzelte sie. Sie lachten stumm und hielten die Hand vor den Mund.

Aus der Kapelle tretend ergriff Maria ein heiliger Zorn, der Jahrzehnte in ihrem Unbewussten gelauert hatte wie ein bissiger Hund. Über Jahrhunderte sei Eva, die Adam den Apfel reichte, als Verführerin geächtet worden. In der Folge galt auch sie, Maria, als eine Sünderin, wurde als Schlange abgestraft und gedemütigt. Auch die Kirche habe die Frau verdächtigt, eine Verführerin zu sein. Ob deshalb die Kirche eine unbefleckt empfangende Frau zum Ideal erhoben habe? «Ach Maria, Frauen sind doch immer auch verehrt und besungen worden, wie gerade die Kunst in Florenz bezeugt.»

«Aber nur idyllisch mit dem Jesuskind im Arm. Maria Magdalena wird anders behandelt.»

«Sie ist die interessantere Frau», gab Paul zu.

«Die heilige Maria hingegen ist ein Ideal, vielleicht für zölibatäre Priester.»

«Reg dich nicht auf. Es handelt sich um einen Mythos.»

«Um eine erfundene Geschichte, die uns Frauen schadet.»

«Du solltest das Gemälde von Masaccio geistesgeschichtlich einordnen. Es ist eines der ersten Werke des 14. und des beginnenden 15. Jahrhunderts, das einen individuell starken Ausdruck besitzt, den du psychologisch deuten kannst.»

«Für mich symbolisiert es die Last, die auf Frauen über Jahrhunderte lag. Adam dagegen schleicht sich aus der Verantwortung. Er verdeckt sein Gesicht.»

«Es ist die Geste der Scham.»

«Haben sich Männer je geschämt, wenn sie eine Frau verführt haben?»

«Das Fresko stellt das Erwachen der Subjektivität und der Individualität der Menschen dar», blieb Paul ruhig. «Wir haben in Urbino von Vasari gesprochen. Er war der erste Biograf, der die grossen Künstler als individuelle Schöpfer gepriesen und ihre Namen hervorgehoben hat. Masaccio war einer von ihnen.»

«Das lässt mich an die Nase des Herzogs von Urbino denken. Diese Nase von Federico da Montefeltro scheint wie keine andere ein Zeichen der starken, individuellen Persönlichkeit eines Mannes zu sein.»

«Ein Mann eben, ein Krieger und Eroberer.»

«Es hat immer auch grosse Frauen gegeben, die selbstbewusst auftraten. Sie stammten meist aus reichen Häusern.»

«Es gab auch schwache Männer wie Giorgio, die dankbar waren, dass eine Frau Grosses für ihn leistete.»

Nach dieser engagierten Diskussion vertändelten sie die Zeit des Nachmittags, bis sie gegen Abend auf dem Weg zur Ponte

Vecchio auf einen Platz gelangten, wo die Jugend von Florenz zu feiern schien. Sie setzten sich in die Ecke einer Laube, die auf den Platz hinaus aufgebaut war, tranken den herben alltäglichen Wein und assen später eine Pizza. Es herrschte ein buntes, lautes Leben mit Gesang, Musik und viel Lärm. Maria und Paul liessen sich von der fröhlichen Stimmung anstecken. Das spannende Live-Theater begeisterte derart, dass sie vergassen, wie schnell, viel zu schnell, die Uhr auf zehn zeigte. Den Platz zu verlassen, fiel ihnen schwer. Sie gaben sich noch eine Stunde und liessen sich schliesslich mit dem Taxi in fröhlicher Stimmung auf dem gekrönten Hügel von Fiesole fahren.

Genug diskutiert und eifrig am Rande des Platzes mitgefeiert, schliefen sie rasch ein und erwachten erst, als Maria von einem Traum geweckt wurde.

Sie hörte einen jungen, stolzen Hahn krähen. Sie erzählte Paul, dass sie der Hahn des Giambologna geweckt habe. Vielleicht, bemerkte Paul etwas spitzbübisch, sei es eher einer der Hähne gewesen, den sie in der Villa Paradiso gehört habe. Maria scherzte, wenn Paul es so sehe, solle er nicht von Hähnen sprechen, denn er sei ihr Prachtsgüggel. Stolz ging Paul, ein Lächeln im Gesicht, zum Frühstück und erwartete Maria auf der Terrasse.

Als Maria zum Frühstück kam, wusch sie den Rest des Schlafes aus den Augen. «Wir werden gemütlich fahren und die Reise an einem schönen Ort unterbrechen», schlug Paul vor. «Wir könnten in der Cinque Terre noch eine Nacht verbringen.»

Maria fand die Idee gut.

«Ich bin noch nie dort gewesen, obwohl mich immer wieder Karten von Kundinnen aus dieser Gegend erreichten. Frauen, die sie mir schickten und bei mir im Geschäft von den grossartigen Wanderwegen der Küste entlang schwärmten. Schon oft hatte ich gewünscht, an diese gelobte Küste zu fahren.»

Ein leiser Hauch von Melancholie berührte Maria, als sie Fiesole verliessen. «Dieser historische Ort erzählt wunderbare Geschichten. Tragödien und Komödien sind hier aufgeführt worden. In meiner Geschichte wird Fiesole auch einen Barden haben, der eine überzeugende Rolle spielt. Die Tage in Florenz werde ich nie vergessen.»

Auf der Fahrt in die Cinque Terre erzählte Maria von Geschichten, die ihr von dieser Gegend erzählt wurden. Alle lobten, dass sie das Meer nirgendwo so tiefblau gesehen hätten wie in Rio Maggiore. Ein Ehepaar schwärmte, dass sie dort den besten Branzino, direkt vor der Küste geangelt, gegessen hätten. Nun war also der passende Moment gekommen, die Cinque Terre zu besuchen. Eines der Dörfer würde ihnen Gastrecht für eine Nacht bieten.

Bilder, die lange im Kopf herumirren und sich mit Wünschen vernetzen, lösen aus, was geschehen wird. Eines Tages würde sie auch mit Paul in Syrakus sein. Mit Giorgio war sie in der Barockstadt Noto und in den Weingebieten von Avola. Syrakus, das recht naheliegt, hatten sie ausgeklammert. Syrakus blieb aus irgendeinem Grund für Maria eine Art Verheissung. Spontan sagte sie: «Paul, wir werden in den nächsten Jahren einmal nach Syrakus fahren.»

Paul studierte im Auto die Karte und schlug vor, nach Monterosso al Mare zu fahren. Rio Mare sei kleiner und idyllischer. In Monterosso gebe es Hotels. Sie reservierten ein Zimmer. Am Abend spazierten sie auf einer kurzen Strecke über den Felsenweg. Die Sonne versank goldrot im Meer und der fahle Abglanz auf der hohen Felsenrippe der Bucht verzauberte einen Augenblick lang das Dorf. Im Hotelrestaurant zelebrierten sie einen Branzino und filetierten ihn. Er entsprach dem Urteil des Ehepaars. Müde von der Reise legten sie sich hin. Sie würden anderntags zügig nach Hause fahren.

In Cannobio am Lago Maggiore hielten sie an. «Warum, Paul, habe ich dir seinerzeit geschrieben? Ich kann es heute nicht mehr erklären. Ich war mutig. Ich wusste nur, es musste sein.»

«Dir fehlte ein Gesprächspartner.»

«Ich suchte eine Oase in der anstrengenden Arbeit meines Geschäftes. Einen Menschen, mit dem ich über Dinge reden kann, die mich beschäftigten.»

«Der Mangel oder der Wunsch aus der Tiefe des Körpers liess dich nicht los. Er wurde unbewusst zu einem Thema und dies löste wohl einen hirnphysiologischen Suchvorgang aus.»

«Das tönt nicht gerade poetisch!»

«Du fragst, wie du den Mut fandest, mir zu schreiben. Den Anlass kennen wir. Aber was geschah in deinem Kopf?

Das Gehirn mit seinen mehr als zehn Milliarden Neuronen und Synapsen ist ein gewaltiges Netzwerk, das versucht ein Problem, das uns beschäftigt, zu lösen. Es wurde von deinem Mangelgefühl gesteuert. Dieser von dir erlebte Mangel setzte das Denken in Gang, das nicht ruhte, bis es eine mögliche Lösung gefunden hatte. Das Denken sucht nach einer Antwort für Fragen, die das Leben aufwirft. Am schönsten und unverstellt erlebst du jeweils halbwach im Bett, wie es im Kopf zu kreisen beginnt. Es denkt, kombiniert in dir, springt von einem Gedanken zum nächsten, wirft die Frage auf, die lauten könnte: ‹Warum habe ich keinen Partner, mit dem ich über meine Gefühle sprechen kann?› Die Suchbewegung der Synapsen klammert sich an Eindrücke, an Erlebnisse, an Erfahrungen, löst sich von ihnen und kehrt wieder unbewusst zu dem einen Thema zurück.»

«Da ist er wieder, der Analytiker, der Personalchef und Psychologe, weit weg vom Poeten», spöttelte Maria.

«Warum glaubst du, hast du den Hahn von Giambologna im Traum krähen gehört? Ist doch spannend, nicht wahr? Als du glücklich aus dem Traum erwacht bist, hofftest du, der Hahn sei da.»

«Jetzt, auf dem Heimweg, so eine nüchterne Erklärung!»

Er liess sich nicht ablenken: «Dein erster Brief wurde vom Netzwerk deines Gehirns ausgebrütet. Da war wohl auch das Unterbewusstsein mit Wünschen beteiligt.»

«Wo aber ist die Seele, der Geist? Das Bewusstsein?»

«Was im Gehirn geschieht, kannst du ja als Seelenbewegung bezeichnen. Aber der Name ändert nichts an den Vorgängen im Gehirn. Was so nüchtern im Kopf vor sich geht, erlebt das Gefühl als wunderbar, schön oder traurig. Geniesse einfach, dass dein vernetzendes Gehirn am Ende ja gefunden hat, was es suchte. Ist das nicht das Wunder einer Problemlösung?»

«Das klingt so materialistisch!»

«Das tut doch deiner erlebten Geschichte keinen Abbruch. Du wolltest wissen, wie es dazu kam, dass du mir den ersten Brief geschrieben hast. Ich gab dir eine mögliche Erklärung. Warum, glaubst du, kannst du das Denken niemals abstellen? Ganz einfach, weil es sich ohne deinen Willen stets den Dingen zuwendet, die du ermangelst, die du begehrst. Es ist ein Geschehen, das du nicht einmal willentlich stoppen kannst.»

«Ich habe nie so weit gedacht! Warum aber hat das Gehirn gerade dich ausgewählt?»

«Ganz schlicht und einfach: Der Zufall war im Spiel.»

«Das glaube ich nicht. Ich sage doch, es war das Schicksal.»

«Zufälle können auch berechnend sein.»

«Das ist ein Widerspruch zum Zufall.»

«Nimm es, wie du willst. Jedenfalls fiel es dir zu, was du dir wünschtest.»

Sie diskutierten und stritten friedlich auf dem langen Weg nach Winterthur darüber, ob es sich um einen Zufall gehandelt habe oder um ein Geschick.

«Im Wort ‹Geschick› verbirgt sich der Zufall.»

«Du, Paul, hast doch einmal von Amor fati gesprochen?»

«Sag, wie du willst. Gefühl ist alles.»

Die Reise war der Wendepunkt in Marias Leben, ein Ereignis, das den Wunsch weckte, er möge ihr weiteres Leben bestimmen. Sie war nicht mit dem Geschäft verheiratet. Sie hatte einen Sohn und Enkel in Kanada, aber auch den charmanten Claudio Serannte. Er hatte das Zeug, eine Persönlichkeit zu werden, die das Geschäft leiten könnte. Ob die Bürde des Geschäfts einmal von ihren Schultern fallen werde und wann, konnte sie nicht abschätzen. Aber sie setzte auf Serannte. Für Paul aber war auch klar, dass sie mit Herz und Hand an ihrem Geschäft hing. Erst dieses Unternehmen hatte sie zur Persönlichkeit reifen lassen und vielleicht sogar fähig gemacht zu lieben.

In Paul wuchs das Bewusstsein, dass er nach der Pensionierung etwas aus seinem Leben machen musste. Er hatte schon immer gesagt, dass der Mensch im Ruhestand nichts tue, was er nicht schon in der aktiven Zeit mit Leidenschaft getan habe, fiel ihm wiederholt ein. Wäre er ein Fischer gewesen, hockte er tagelang am Rhein. Fischen konnte für ihn keine Wahl sein. Vielmehr schien ihm bestimmt, mit dem Schreiben weiterzufahren und es verfeinern zu müssen. Giorgio war ja geradezu prädestiniert dafür, die Figur einer Geschichte zu werden. Er stellte sich auch vor, sich als Berater in Personalfragen zu positionieren.

Maria liessen die Erlebnisse und die Erfahrung der Italienreise nicht los. Dass sie ihren Körper neu entdeckt hatte, beschäftigte sie. Aber es war nicht etwa so, dass diese Erfahrung ihre Gedanken völlig in Beschlag genommen hätte.

Vielmehr war es die neue Nähe zu Paul, die ihr entsprach. Es war nicht die neue Sinnlichkeit, die die Beziehung dominierte. Es war nicht die Einheit, die sie faszinierte, sondern die Verschiedenheit der Welten, die ihr Leben in einer neuen Entsprechung bereicherte. Das war die Offenbarung der Italienreise: Einem Menschen intim begegnet zu sein, der den gewöhnlichen Lebensraum ihres Lebens sprengte und weit öffnete. So erhielt die Welt unbekannte Perspektiven. Was Maria schon früher verstanden hatte, dass sich der von den Griechen besungene Eros nicht allein auf den Körper bezog, sondern vielmehr auf alles, was der Mensch leidenschaftlich tut. Die Reise klärte ihre Gedanken.

Nach der Italienreise wusste Paul, dass er mit Maria ins Alter hineinwachsen würde. Maria besass ihre Arbeit. Ihr Leben bleibt bestimmt. Da sie leidenschaftlich tat, was nach der Logik ihrer Firma zu tun war, blieb sie zwar einerseits gefangen, aber andererseits sah sie Möglichkeiten, mehr Freiheit zu gewinnen. Claudio Serrante übertrug sie immer mehr Verantwortung. Sie liess ihn Kurse besuchen, die dem Geschäft dienten. So erhielt sie mehr Freiheit, um sie mit Paul zu verbringen. So konnte sie, war ihr Ziel, mit Paul Reisen nach Italien und Deutschland unternehmen, kurz: nachholen, was ihr bis jetzt vergönnt war. Für Paul war es keine Frage, dass er sein Leben auf Maria ausrichten würde. Die Liebe vertiefte sich zu einer festen Freundschaft. Vorerst baute er noch Überstunden ab, hatte mit der Geschäftsleitung einen neuen Personalchef einzuführen und Ende Jahr würde er in Pension gehen. Er überlegte sich, wie er sein Wissen als freier Personalberater auswerten könnte. Daneben würde er sich mit der Familie Della Torre beschäftigen.

Maria dämpfte Pauls Unternehmungslust nicht, aber sie würde ihn in eine Richtung leiten, die in ruhig und gelassen machte. Einmal, als sie in Italien über seine bevorstehende Pensionierung sprachen, liess sie ihn wissen, dass er auch an ihrer Seite gewisse Arbeiten übernehmen könnte. Er werde sicher keinen Pensionierungsschock mit leerer Agenda erleben.

Die Kanadier auf Besuch

Peet, Marias Sohn, hatte angekündigt, dass er im Oktober mit seiner Familie in die Schweiz kommen werde. Dies würde auch Paul die letzte Woche seiner Ferien beschäftigen. Maria bat ihn, die Kanadier auf dem Flughafen abzuholen. Sie sei ihm dankbar, wenn er einspringe, zumal sie Angst habe, dass sie auf dem Flughafen zu emotional reagieren würde, gar weine, wenn die Familie auf sie zukomme. Zu Hause könne sie die Gefühle leichter überspielen, weil es sofort viel zu zeigen und besichtigen gebe. Sie wünsche, dass er die Whites auch sonst begleite, etwa nach Zermatt oder ins Engadin. Paul hatte ihr schon auf der Italienreise versprochen, sich der Kanadier anzunehmen und zu helfen, die Schweiz-Reise zu planen und organisieren.

Kaum war Paul zu Hause angekommen, las er Marias Mail:

Paul, als ich meine Post und die vielen Zuschriften durchging, fand ich den Brief aus Kanada unter dem Stapel, den mein Stellvertreter sorgfältig geordnet in einer Kiste bereitgestellt hatte. Peet meldet, dass er am Dienstag, den 9. Oktober, im Flughafen Zürich ankommen werde. Darf ich ihm schreiben, dass du die Familie abholen wirst. Ich bin dir sehr dankbar, wenn du dies möglich machst. Du sprichst gut Englisch. Peet mit seinen zwei Söhnen und ihrer Mutter wirst du leicht erkennen. Die Söhne sollen, maile ich ihnen, eine kanadische Mütze oder ein Signet ihres Landes tragen. Damit wirst du sie sofort erkennen. Wir werden ihnen ein Generalabonnement der SBB für vierzehn Tage besorgen.

Danke herzlich – Italien im Herzen.

Deine Maria

Es gab für Paul keinen schöneren Auftrag, als mit Marias Sohn und seiner Familie über eine Schweiz-Reise zu sprechen. Er betrachtete den Wunsch als noble Aufgabe. Zehn Tage dauerten noch seine Ferien und dann werde er, wenn es nötig sei, sich sonst noch frei machen können. Samstag und Sonntag habe er auch zur Verfügung. Die von den Whites gewünschten Reisefixpunkte waren Zermatt mit dem Matterhorn und das Engadin der Seen. Er aber würde ihnen weitere Vorschläge machen, die Whites etwa für eine Dampferfahrt auf dem Vierwaldstättersee zu begeistern versuchen. Mit Nachdruck würde er das Ziel verfolgen, dass sie einen Ausflug ins Maderanertal zu machen begehrten. Er musste da besonders geschickt vorgehen.

Maria war seit der Rückkehr beruflich sehr gefordert. Es fehlten Produkte im Laden und Weine im Lager. Das Geschäft lief auf Hochtouren. Gottlob hatte sie in Claudio Serrante einen sorgfältigen und loyalen Angestellten, der in der Feinkostabteilung eigenständig arbeitete. Er notierte während der Abwesenheit der Chefin genau, was verkauft wurde und was nun fehlte. Zum Teil ersetzte er Waren, ohne zu fragen. Maria hatte ihn schon vor ihrer Reise dazu ermuntert. Wo noch Lücken blieben, waren sie bald geschlossen. Der Buchhalter und Stellvertreter hingegen, der alle Kompetenzen besass – auch Weine zu beschaffen, wenn es nötig werden würde –, blieb der Zögerer. Er wollte auf keinen Fall etwas falsch machen und machte gerade deshalb Fehler. Maria hätte ihm bei einem Fehlentscheid niemals Vorwürfe gemacht, ihn nicht gerüffelt. Sein Charakter und sein Temperament liessen es nicht anders zu, als zu warten, bis die Chefin zurückkam.

Tatsächlich hatte sich ein guter Kunde und Gastwirt beschwert, dass er den Wein, den er immer von der Firma «Della Torre» beziehe, auf seiner Karte habe streichen müssen. Der Stellvertreter habe sich leider nicht bemüht, Ersatz zu schaffen.

Dieser redete sich heraus, er habe der Firma in Valpolicella eine Bestellung auf Englisch geschickt. Leider habe er keine Rückmeldung erhalten. Da Maria noch immer fröhlich italienisch angehaucht und gefärbt war, rief sie der Firma Masi an und gleich auch Antonio della Torre, die sofort den Amarone und den Ripasso zu liefern bereit waren. Antonio freute sich enorm, Maria zu hören, und veranlasste, dass die Bestellung sofort als Eilsendung abgewickelt wurde. Maria regte an, er solle es in Absprache mit Masi erledigen. Vielleicht fahre er gleich selber los in die Schweiz, antwortete er. Er habe auch weitere Kunden zu bedienen.

Maria beschloss, den Stellvertreter, der bald altershalber zurücktrete, durch Claudio Serrante zu ersetzen und ihm die Stelle der Stellvertretung anzuvertrauen. Einen Buchhalter oder eine Buchhalterin stelle sie im Teilzeitpensum an.

Weil sich Maria bei der telefonischen Abmachung strikt geweigert hatte, mit den Whites ins Maderanertal zu fahren, schrieb Paul eine etwas längere, aber deutliche Mail:

Liebe Maria,
ich begleite deinen Sohn und seine Familie gerne. Dass du aber auf Anhieb am Telefon abgelehnt hast, die Familie deines Sohnes ins Maderanertal zu begleiten, ist in mehrfacher Hinsicht ein Fehler. Mir scheint, die Kanadier haben ein Anrecht, deinen Geburtsort kennenzulernen, und dies nicht einfach unter meiner Führung. Du hast dich geweigert, jemals wieder nach Bristen zu gehen. Kommst du mit den deinen ins Dorf und wirst von Gleichaltrigen, vielleicht ehemaligen Schulkameraden und -kameradinnen erkannt, kannst du ihnen stolz den Sohn mit seiner Familie vorstellen. Du stehst in neuem Licht da und wirst bewundert. Du gibst den Leuten zugleich Rätsel auf. Von dem, was geschehen ist, wissen sie nichts und staunen, dass dein Sohn in Kanada lebt und du zwei Enkel hast. Das kann dich mit dem Dorf, sogar mit dem Pfarrer und deiner Mutter, die beide längst auf dem Friedhof liegen, versöhnen und von nachtragenden Gedanken frei machen. Diese Chance darfst du nicht verpassen. Zudem werden auch die Kanadier überrascht sein, wie schön die Landschaft ist, in der du gross geworden bist. Sie werden erkennen, auf welch kraftvollem Boden du aufgewachsen bist. So wird deinem Sohn das Maderanertal wichtiger werden als Zermatt. Die Whites werden fotografieren, was das Zeug hält,

und schöne Aufnahmen mit dir vor der prächtigen Bergkulisse schiessen. Sind sie heimgekehrt, werden die Enkel oder deine Schwiegertochter ein Fotobuch zusammenstellen und es ihren Grosseltern und allen Freunden und Bekannten zeigen. Das Fotobuch wird auch sie beeindrucken. Peet wird sehen, wie gut du dich gehalten hast.
Dein Paul

Paul glaubte an die Wirkung des geschriebenen Wortes, das mehr als einmal gelesen, eindrücklicher auf Maria wirken konnte. Paul nahm sich vor, den Moment zu packen, wenn es eine Aussicht geben würde, mit der Familie ins Maderanertal zu fahren. Sie konnte dann sicher nicht mehr einfach Nein sagen. Er nahm sich vor, eine Situation zu schaffen, in der der Wunsch zu wirken beginne.

Die Kanadier landeten um 16:30 Uhr auf dem Flughafen. Paul stand beim Ausgang zum Empfang bereit. Als er sie sah, schwenkte er das Fähnchen mit dem roten Ahornblatt im weissen Feld mit den roten Seitenstreifen. Sofort erkannten ihn die Söhne und gingen auf ihn zu. Ja, es waren die Whites. Die beiden Söhne waren neunzehn und sechzehn Jahre alt. Der ältere, Peet III., gab Paul die Hand und der jüngere, Jonas, grüsste mit strahlenden Augen. Vater schien sehr erfreut und seine Frau Judy umarmte Paul. Mit den üblichen Gesprächen über die Reise führte sie Paul zum Auto.

Maria war selbstverständlich entschuldigt, aber sie wartete im Geschäft mit klopfendem Herzen. Sie wusste, wenn

Paul sie empfing, konnte nichts schiefgehen. Maria hatte ihrer Raumpflegerin und deren Freundin, einer ausgezeichneten Köchin, den Auftrag gegeben, im Salon über dem Laden ein Abendessen zuzubereiten. Was sollte es anders sein als ein «Zürigeschnetzeltes» mit Rösti. Selbstverständlich ein Dreigangmenü. Eine Flasche Champagner wartete im Kühlschrank und der Brunello stand auf dem Anrichtetisch.

Dieser Salon war im alten Stil eingerichtet, aber neu überholt. Die Dekoration war vom Überschwang des Rokoko-Firlefanz etwas befreit. Er musste den Whites herrschaftlich erscheinen mit seinem historischen Anklang. Es handelte sich um einen gut bürgerlichen, ausladenden Raum ohne Protzerei.

Auf Paul machte die Familie White einen starken, geschlossenen Eindruck. Sie fanden gegenseitig sofort den richtigen Ton, sprachen Deutsch und Englisch und selbst manchmal Französisch. Judy verstand das Deutsch ihres Mannes und der Söhne nur der Spur nach. Peets Grossvater, der in der zweiten Generation Kanadier war, verlangte von seinem Sohn, dass er mit ihm Deutsch spreche, und führte die Tradition bei seinen Enkeln fort. Lustig war, wenn er Schwyzerdütsch mit englischem Akzent redete. Die beiden Söhne gaben schon bei der Begrüssung eine knappe Probe ab.

Paul erzählte, in welcher Funktion er sie abhole. Maria sei seine Freundin, nun aber habe sie ihn als Fremdenführer bestellt. Es bereite ihm Freude. Er beschäftige sich gerne wieder einmal mit der Geografie und den eigenwilligen Städten des Landes.

Überrascht standen sie bald vor den Schaufenstern des Geschäftes, lasen das leicht vergilbte Band «Weinhandlung Della Torre» und die noch frische Anschrift «Comestibles Maria». Die Besitzerin trat auf die Treppe und bat sie, ins Geschäft einzutreten. Sie strahlte Stolz gemischt mit leichter Verlegenheit aus. Mit ihrer fraulichen Art gewann sie sofort die Sympathie der Kanadier. Sie konnte nicht verhindern, dass bei der Umarmung ihres Sohnes Tränen flossen. Sie beherrschte sich schnell und empfing sowohl Judy als auch ihre Enkel mit dem dreifachen Kuss auf die Wangen. Die Kanadier stellten im Weinlager die Koffer ab, besichtigten das Geschäft und gingen durch die Gänge mit den Weinen.

Als sie einen Überblick gewonnen hatten, bat Maria sie, ihr zu folgen. Es gab einen Lift zur Wohnung, aber auch eine interne Stiege. Über den Lift gelangten sie ins Foyer des Wohnraums, der eine lichte Höhe von ungefähr dreieinhalb Metern aufwies. Die Wohnung umfasste neben dem Salon sieben Zimmer, die zum Teil schon lange nicht mehr benutzt worden waren. Hier also konnte sich ihr Sohn mit den seinen für vierzehn Tage einrichten. Maria wies ihnen die Zimmer zu und bat sie, um 18:30 Uhr in den Salon zu kommen, in den sie einen flüchtigen Blick geworfen hatten.

Maria hatte Paul gebeten, den Abend zu moderieren, zu erkunden, was die Familie sich vorgenommen hatte. Als die Whites den Salon pünktlich betraten, staunten sie über den Raum, dessen Wände geschmückt waren mit Muschelmotiven, mit schwungvollen Bändern und Eierstäben. Das Zartgrün der Wände wirkte beruhigend. Der Raum atmete ein wenig nach Vergangenheit, obwohl er erst vor Kurzem überholt worden war. Es war eine Vergangenheit, die nicht auftrumpfte. Immerhin strahlte der grosse Leuchter über dem Tisch den Glanz aus, der noch an die gute bürgerliche Zeit des Aufschwungs der Stadt erinnerte.

Die Serviererin und die Köchin standen bei der Anrichte. Sie boten Champagner und Mineralwasser an, sodass beim gemütlichen Willkommenstrunk bei Fragen und Antworten bereits Geselligkeit aufkam. Maria erzählte die Geschichte des Hauses mit dem leicht verblassten Deckengemälde einer Schweizer Landschaft. Nach etwa zwanzig Minuten wies Paul allen den Platz an. Maria sollte zwischen ihrem Sohn und seiner Frau Platz nehmen, Paul zwischen den Söhnen. Er begrüsste sie stehend mit einer kurzen, witzigen Willkommensrede, nannte sich Butler seiner Herrin und liess dem Reden seinen Lauf. Maria winkte zum Zeichen, er solle nicht übertreiben. Er sei nicht ihr Diener und warf ihm eine Kusshand hin.

Das Essen schmeckte und die Gespräche nahmen einen frischen Gang, als wäre es selbstverständlich, auf Besuch bei Maria zu sein. Alles war gut vorbereitet, und jene komplizierte Steifheit, die bei einem solchen Besuch sich oft ergibt, konnte gar nicht aufkommen. Als der Hauptgang und die ersten Schlucke des vorzüglichen Weins gekostet waren, kramte Peet aus der Tasche seiner Frau ein Kistchen heraus und überreichte es Maria mit einem Dankeswort. Es handelte sich um eine zierliche Schatulle aus Nussbaumholz. Er habe dieses Kästchen als Lehrling angefertigt, erklärte Peet. Die Schatulle strotzte vor Pralinen. Noch vor dem Abflug in die Schweiz hätte er das schmale Silberband mit der Widmung montiert. Darauf stand: «Für Maria, meiner Mutter».

Es war für Maria schwierig, die Tränen zu unterdrücken. Es gelang ihr nicht, aber sie fasste sich wie stets sehr schnell, stand auf und dankte mit einem festen Händedruck und einer Umarmung Peet für das schmucke Geschenk. Die beiden Enkel belebten die Stimmung mit ihren Geschichten. Maria drängte zu erfahren, was sie werden wollten. Der Ältere beabsichtige, Bauingenieurswesen zu studieren, der Jüngere wolle in Vaters Schuhen in der Schreinerei arbeiten. Der Bruder warf Jonas vor, er sei halt der Liebling des Grossvaters, darum werde er Schreiner. Ach, korrigierte Susan, Grossvater liebe auch den zukünftigen Ingenieur.

Lange sprachen sie über das Reise- und Wanderprogramm. Mit dem Generalabonnement der Schweizerischen Bundesbahnen könnten sie alle Orte erreichen, die sie besuchen wollten, Zermatt selbstverständlich und auch das Engadin. Paul ergänzte etwas ausholend, er werde – abgesprochen mit Maria – noch weitere kulturelle und landschaftliche Sehenswürdigkeiten vorschlagen, aber er finde nach längerem Überlegen, sie sollten allein nach Zermatt und ins Engadin fahren. Das seien Gegenden, die für sich selber sprechen. Sie wiederum sagten, sie hätten nicht damit gerechnet, dass Maria sie begleiten würde. Sie seien aber äusserst froh, wenn Maria und Paul ihnen Orte in der Schweiz zeigten, die in Kanada nicht bekannt oder erwähnt würden.

Als die Whites sich zurückgezogen hatten, sassen Maria und Paul noch im ehemaligen Raucherzimmer, anschliessend an den Essraum. Paul wollte wissen, warum Maria geschwiegen habe und die Gäste habe reden lassen. Es habe ihr vor Freude den Mund blockiert. Sie hätte staunend schauen und hören müssen, was ihre Enkel munter erzählten, sie habe die Familie gemustert und insgeheim bewundert. Peet habe wirklich Urner-Blut in sich, bescheiden, wie er sei, und bedächtig, wie er spreche. Kein falsches Wort habe er gesagt, ähnlich wie ein Schreiner nicht zu viel von einem Holz abhoble. Nach einer Weile kam Peet nochmals in den Salon, fand sie in der kleinen Stube neben dem Salon und übergab Maria einen Katalog seines Möbelgeschäftes und einen kleinen Bildband der Gegend, wo ihr Dorf liegt.

Hernach schüttete Maria die Pralinen in eine Bonboniere und entdeckte versteckt unter ihnen einen Brief. «Für Maria» stand auf dem Kuvert. Sie drückte an ihm und spürte darin einen Inhalt, den sie nicht genau deuten konnte. Ein Anhänger mit einem in fahlem Silber gefassten Smaragd glitt aus dem Kuvert in ihre Hand. Maria legte ihn um den Hals und schmückte damit das Dekolleté. Er ziere sie prächtig, lobte Paul. «Vom Vater meines Sohnes», flüsterte sie und schluchzte leise. Sie habe keine Kraft mehr, den Brief zu lesen. Das müsse sie wohl ganz für sich und allein im stillen Kämmerlein tun.

Um neun Uhr früh erschien ihr Sohn mit der Familie zum Frühstück. Maria war unten im Geschäft und kam, als sie

Tritte hörte, hinauf in den Essraum. Sie trug den teuren und schönen Anhänger. Er solle Vater an ihrer Stelle danken, sagte sie zu ihrem Sohn. Sie setzte sich zur Familie an den Tisch. Paul kam herzu, um das Wochenprogramm zu besprechen: «Für heute Winterthur, am nächsten Tag Zürich, Freitag und Samstag Zermatt.» Paul wiederholte, es wäre klug, wenn sie allein ins Wallis reisen würden. Die Whites waren einverstanden. Maria wiederum versprach, mit der Familie am Sonntag an den Rheinfall zu fahren und Schaffhausen zu besichtigen. Am Montag sollten sie einen ruhigen Wandertag einschalten. Paul werde sie in Winterthur abholen und mit ihnen über das Land fahren und ihnen Glattfelden zeigen. Es sei noch im Dorfkern ein typisches, ursprüngliches Bauerndorf mit Riegelbauten. Sie würden dann über einen sehr schönen abwechslungsreichen Weg mit dem Blick auf den Alpenkranz an den Rhein wandern. In aller Ruhe würden sie so in die Woche starten. Dienstag und Mittwoch könnten sie mit der Rhätischen Bahn ins Engadin reisen. Die Albula-Linie, ein UNESCO-Kulturerbe, werde den angehenden Ingenieur begeistern. Paul breitete die Schweiz-Karte auf dem Tisch aus und nannte einige Orte, die sie besuchen sollten. «Und Genf?», fragte Peet. «Ja natürlich», Genf gehöre auch auf die Liste einer Schweiz-Reise. Auf der Rückfahrt von Zermatt sollten sie übrigens unbedingt Bern, der Hauptstadt, die Ehre antun.

Für die Lebensgeschichte von Maria spielten die Orte, die ihr Sohn mit der Familie und mit Paul besuchen wollten, keine grosse Rolle. Wichtig war ihr, dass die Whites die Schweiz lieben lernten. Auf die Frage ihres Sohnes, wo sie aufgewachsen sei, sagte sie nur: «Am Weg zum Gotthard», und schwieg. Paul verhalf diese Frage, die Schweiz-Karte nochmals zu öffnen. Mit dem Finger zeigte er auf Luzern, nahm einen Stift zur Hand, fuhr mit ihm über den See nach Flüelen und von dort Richtung Gotthard. Bei Amsteg zweigte er ab nach Bristen. Dahin möchten sie fahren, sagte Peet. Er wünschte, dass Mutter mitfahren würde. Maria verharrte stumm. Paul sah sie im Wunsch der Familie gefangen. Er wusste, wie ein solcher Wunsch auf die Dauer wirkt. Er lenkte etwas ab und schwärmte von der Dampferfahrt auf dem Vierwaldstättersee, erwähnte das Rütli, begann von der Geburtsstunde der Eidgenossenschaft zu erzählen und geriet ins Feuer eines Patrioten, obwohl er die Schweiz sonst recht distanziert betrachtete. Nun spielte er also den stolzen Schweizer. Maria blieb stumm. Die Whites aber drängten darauf, dass die Mutter mitfahren solle. Maria warf Paul einen Blick zu. Rasch versteckte sie den darin erscheinenden Vorwurf hinter dem Lächeln der guten und glücklichen Mutter, sodass der Blick unbeobachtet blieb.

Dass er als Waffe für seinen Vorschlag die Familie White einbezog, empfand Maria als unfair. Sie fühlte sich überrumpelt. Sie hatte ihm deutlich und wiederholt gesagt, dass sie nicht nach Bristen fahren wolle. Paul aber hatte behauptet, sie müsse sich mit ihrer Herkunft aussöhnen. Auch wenn die Versöhnung unter einem Zwang herbeigeführt werde, musste sie gelingen. Er rechnete damit, dass sie am Ende den Schritt wagen würde. Sie werde sich diesmal nicht vorenthalten können. Die Whites würden eine Weigerung nur widerwillig akzeptieren. Sie musste mitgehen, um eine Verstimmung zu verhindern. Schon einmal wäre es Paul beinahe gelungen, Maria zu überzeugen, diesen Schritt zu tun. Nun ergab sich eine Konstellation, mit der dieser endgültig gelingen konnte.

Paul kannte aus eigener Erfahrung, wie das Netzwerk des Gehirns zu schaffen beginnt, wenn ein ungelöstes Problem auftaucht, wenn ein Wunsch in der Schwebe liegt und alte Gefühle miteinander streiten. Nun zählten Pauls Argumente mehr als eine mögliche Weigerung mitzugehen. Dass sie beim Besuch mit der Familie ihres Sohnes im kleinen Dorf auf Schulkameradinnen und -kameraden treffen könnte, auf Bekannte ihrer Familie, sogar auf den Bruder, der das kleine Bergheimet von Vater übernommen hatte, würde allmählich auch bei Maria an Reiz gewinnen.

Maria sah sich im Wachtraum als Erstkommunikantin mit dem weissen Kleid und dem Blumenkränzchen im Haar durch das Dorf gehen, schön in einer Zweierkolonne hinter den Behörden her, voraus die Marschmusik mit würdigem Spiel, dem die Geistlichkeit folgte. Die Behörden in Schwarz und im langsamen Schritt zur tragenden Musik, dann kamen die Buben und Mädchen, die die erste Kommunion empfangen, die Reihe der Männer, nach ihnen deren Frauen und die übrigen Schulkinder. Das blieb für Maria ein starkes suggestives Bild. Dieses Erlebnis wurde noch verstärkt durch die jährlichen Prozessionen im liturgischen Jahr. Sie sah sich nach der ersten Kommunion mit Vater und Mutter und den Geschwistern in der Seilbahn hinauf nach Golzern fahren, wo sie im Restaurant den Tag der Gnade feierten.

Die Bilder liessen Maria nicht los. Sie tanzen durch das Gehirn und die Chance, ins Tal zu gehen, winkte immer energischer. Sie war einst als stolze Studentin auf die Höhen der Berge gewandert und geklettert. Nun könnte sie sich mit der Familie ihres Sohnes zeigen und vielleicht sogar die Wirkung geniessen, die die Kanadier ausstrahlen würden.

Die Heimat sitzt dem Menschen immer im Nacken. Maria war ja oft mit den Eltern oben in Golzern gewesen. Dies jetzt wieder zu erleben, konnte zu einem wahren Schauspiel werden. Niemand im Dorf musste wissen und erfahren, wie es zu Marias kanadischer Familie gekommen war. Peet war ihr Sohn. Auf einmal reifte der Gedanke zum Beschluss und sie war bereit, mit ins Maderanertal zu gehen. Es war ihr klar geworden, dass sie die nunmehr geweckten Erwartungen ihres Sohnes nicht enttäuschen konnte.

Die Versöhnung mit der Heimat und der Herkunft ist und bleibt das grosse Thema, das der abwehrende Wille nie endgültig von sich fernhalten kann. Paul war sich dessen bewusst. Warum besuchten Ausländer, wenn es nur irgendwie möglich war, stets wieder ihren Heimatort? Maria hielt die Scham zurück, aber auch eine nicht klar benennbare Wut über ihr Schicksal. Hätte sie sich geweigert, würde sie bereuen, die einmalige Chance zurückzufinden, nicht genutzt zu haben.

Sie fuhren am Sonntag, den 21. Oktober, bei angenehmem Herbstwetter nach Bristen, besuchten die Kirche, den Friedhof und wanderten zur Seilbahnstation nach Golzern. Das Dorf war wie ausgestorben. Es entfaltete sich ein warmer Herbsttag. Als sie beim Gasthof «Golzernsee» ankamen und eine Platte mit Käse und getrocknetem Fleisch bestellten, sah sich Maria den Blicken einiger Frauen und Männer derart ausgesetzt, dass sie ahnte, dass sie erkannt worden war. Sie glaubte sogar, sich an einige von ihnen erinnern zu können. Es dauerte nur kurz, bis Bethli, eine Schulkameradin, aufstand, auf Maria zuging, sie begrüsste und die alte Welt ihrer Kindheit plötzlich präsent erschien. Maria stellte Paul und ihren Sohn Peet mit der Familie vor. Fragen von Bethli beantwortete sie kurz, dennoch erkannten alle, die die Szene beobachteten, dass Maria eine gewisse Würde ausstrahlte. Auch Paul wurde von Männern in die Mangel genommen. Er log ein wenig und erzählte von ihrem Sohn Peet und den Enkeln. Es tönte, als wären sie die seinen. Schon einige Zeit seien die Kanadier in der Schweiz unterwegs und begeistert von dem vielfältigen Land, von Genf bis ins Engadin.

Einige aus dem Dorf winkten Maria zu und hätten auch gern erfahren, wo und wie Maria lebte. Sie trösteten sich damit, dass sie bald vernehmen würden, wer die Fremden mit Maria waren. Inzwischen hatten Bethli und ein gesprächiger

Mann von Maria und Paul so viel erfahren, dass es lange zu reden geben würde, wenn sie weitergingen.

Als die ehemalige Klassenkameradin verriet, dass ihr Bruder vor einer halben Stunde aufgebrochen sei und zur Windgällenhütte aufsteige, war die Gelegenheit gekommen, sich zu verabschieden. Inzwischen war den Whites das Wandern in den Bergen schon ein wenig vertraut und sie waren gerne bereit, mit Maria aufzubrechen. Vielleicht könnten sie den Bruder in der Hütte unter dem schweren, dunklen Berg, auf den Maria zeigte, noch treffen.

Mit Freude und angestachelt durch die Wanderlust der letzten Tage gingen sie zum Golzernsee und stiegen über den schmalen Pfad bergwärts, bewunderten den Bristenstock und die stolzen Dreitausender, die das Tal aufwärts und nach hinten zunehmend verengen. Eine Symphonie von Wasserfällen begleitete sie. Diese über die Felsen springenden Wasser waren Musik in den Ohren von Maria. Sie gurgelten zudem ihr Blut in den Hals, sodass sie ihren Pulsschlag spürte. Der Aufstieg war anstrengend. Mit jedem Schritt wuchsen die Berge in die Höhe und in der Ferne wurden sie kleiner, je höher sie stiegen. Die Whites hätten gerne die Namen der Berge gekannt. Paul konnte sie nicht benennen. Maria hingegen nannte den Oberalpstock, das grosse Schärhorn und die grossen Windgällen. Sie erwähnte auch den Chrüzlipass, der vom Manderanertal in den Kanton Graubünden führt. Sie wusste, dass diese Namen nur gerade die momentane Neugierde befriedigten, aber keineswegs im Gedächtnis der Kanadier haften bleiben würden.

In der Windgällenhütte trafen sie Klaus, Marias Bruder, nicht an. Bethli würde ihm gewiss erzählen, dass seine Schwester mit dem Sohn und seiner Familie, die in Kanada lebt, auf Golzern war und ihn gesucht habe. Das ganze Dorf würde dies bald erfahren und das Mutmassen würde von Tisch zu Tisch bis zu jedem Stammtisch schleichen und bald in allen Häusern diskutiert werden. Der Bruder würde sich fragen, wo denn seine Schwester gelebt habe und was sie mache. Noch mehr würde er staunen, dass sie einen Sohn hat, der in Montreal lebt und eine Schreinerei besitzt. Klaus hatte nie etwas von der Geburt eines Sohnes seiner Schwester gehört. Donnerwetter: Maria, die er für sich als verschollen glaubte, die zumindest in einer unbekannten Welt lebte, besuchte das Tal, ihre Heimat!

Maria dachte nach dem emotional schwierigen Ausflug und wieder zu Hause, dass Klaus sich fragen würde, wo er sie finden könne. Er würde wahrscheinlich allen Geschwistern auswärts telefonieren. Maria musste dieses Rätselraten beenden. Sie beschloss Klaus ein Paket mit zwei Flaschen und einer Auswahl Biscotti mit dem Absender «Weinhandlung Della Torre» zu schicken. Ein Brief lag in der Schachtel.

Maria dankte am Abend Paul. Es sei eine raffinierte Schlaumeierei gewesen, wie er den Ausflug organisiert habe. Er sei halt ein Schlawiner, bezichtigte er sich selbst. Sie verzeihe ihm sein Schlawinertum. Es zaubere meist etwas Gutes hervor. Ihr sei ein schwerer Stein von den Schultern gefallen.

Paul brauchte sich nicht entschuldigen und sagte, er habe ja nur auf die Frage von Peet, wo sie aufgewachsen sei, geantwortet und vielleicht das Maderanertal ein wenig farbig ausgemalt. So habe sich ergeben, was notwendig gewesen sei. Ja, ja, lächelte Maria, auch die Mäuse hätten ihre Tricks.

Für sie schien es nun immerhin möglich, mit Paul ihren Bruder zu besuchen, nach Golzern zu fahren und den Weg zum alten Hotel «Maderanertal» auf Balmenegg hinunterzusteigen.

Das Hotel wurde im 19. Jahrhundert gebaut. Es genoss in ihrer Kinderzeit unter den Einheimischen nicht den besten Ruf, weil wilde Musiker, Wissenschaftler, Philosophen wie Friedrich Nietzsche, Ungläubige und Freigeister, Naturverehrer mit losen Sitten, aber auch Kardinäle und berühmte Politiker im Hotel abgestiegen seien, oft zusammen mit Damen auf hohen Absätzen und schwingenden Röcken. Das Gerücht hielt sich hartnäckig über die versunkenen Jahre hinweg, bestätigt durch Einträge von Berühmtheiten im Gästebuch.

Inzwischen war das Hotel leicht heruntergekommen, in Teilen renoviert. Es wird von einer einheimischen Familie gut geführt. Maria kannte die Chefin. Sie war nur ein paar Jahre älter als sie selbst. Warum sollte sie sich nicht mit Paul für einige Tage im Hotel erholen? Sie würden der Stadtluft entfliehen und ihre Stadtlunge mit frischer Luft regenerieren. Sie könnten sich einige freie Tage nehmen, um sich im alten Park von Balmenegg lesend zu erholen und über den sogenannten Tritt hinauf zur Windgällenhütte und über weitere Wege wandern. Auch könnten sie den Bruder treffen. Am besten, meinte Maria, würden sie abwarten, bis die Heidelbeeren reifen.

Paul versuchte auf den Ausflügen mit den Kanadiern von Peet zu erfahren, ob er sich für die Weinhandlung interessiere. Er und die Enkel würden das Geschäft und das schöne Stadthaus erben. Einmal hörte Paul, was er nicht hätte hören dürfen, dass Judy zu Peet sagte, dass sie nie und nimmer aus Kanada, aus ihrem Dorf, wegziehen würde. Sie habe dort alle ihre Freunde und Freundinnen.

Paul wollte von den Enkeln wissen, wie es ihnen in der Schweiz gefalle. Sie repetierten, was sie alles gesehen hatten: Die kleinen Städte wie Sursee, Zofingen, Sempach und natürlich Luzern waren darunter. Solche schmucken historischen Städte gebe es in Kanada nicht. Der ältere Bruder, Peet III., verriet, dass er gerne einige Semester an der ETH verbringen möchte. Die Hochschule habe in Kanada einen guten Ruf und figuriere unter den besten der Welt. Es wäre eine grosse Bereicherung, wenn er zwei oder mehrere Gastsemester absolvieren könnte. Er sprach von seinem Grossvater, der in Zürich seinen Doktortitel holte und wie er wisse, noch einige andere Dinge getrieben habe. Jonas ging einen Schritt weiter. Er möchte die Schreinerlehre in der Schweiz beginnen und abschliessen. Es würde ihm sehr gefallen, einige Jahre vielleicht bei der Grossmutter wohnen zu dürfen.

Nach dieser Antwort schlug Paul vor, gegen Abend einen nahen Schreinereibetrieb zu besuchen und sich zu erkunden, ob der Meister, den er kannte, allenfalls einen Lehrling aus Kanada aufnehmen würde. Als er Jonas Deutsch sprechen hörte, schien er nicht abgeneigt und sagte, das sei durchaus möglich. Diese Nachricht gefiel Maria sehr.

Bei einem weiteren Nachtessen im Salon waren diese Wünsche der Enkel das grosse Thema. Vater Peet stimmte zu, während Judy Vorbehalte über die Pläne ihrer Söhne äusserte. Am Ende aber gestand sie, dass diese selber entscheiden müssten. Sie sei eine Liberale. Es würde nicht in ihr Weltbild passen, wenn sie den Kindern vorschreiben würde, was sie lernen und wo sie sich ausbilden lassen möchten. Paul orientierte sie über das duale Bildungssystem in der Schweiz. Jonas werde mit dem Urgrossvater über seinen Berufswunsch sprechen. Er würde sich darüber freuen, blieb das Fazit.

Die Kleinkammerigkeit der Schweiz mit den vielen reizenden Orten und dem jeweils eigenartigen Baustil der Häuser gefalle ihnen sehr. Jedes Tal sei abgetrennt von dem anderen und habe einen eigenen Häusertyp hervorgebracht. Auf der Fahrt von Bern nach Luzern durch das breite Tal hätten sie schwer daliegende Häuser mit tiefen Dächern bewundert. Das war im Emmental, ergänzte Paul. Die Whites staunten. Sie hockten in der Landschaft wie schwere Kröten im Laub. Maria empfahl, im Gegensatz zu diesen eingewurzelten Bauernhäusern, Appenzell und ihren Hauptort mit den geschwungenen farbigen Giebeln zu besuchen. Diese Empfehlung stachelte die Neugierde der ganzen Familie an. Einen

Ort als den schönsten auszuzeichnen, führte zu langfädigen Auseinandersetzungen und zu keiner Einigung. Bern war lange Favorit und stand am Ende mit Luzern im Wettbewerb. Dennoch schlage Luzern an schönster Ausgangslage zu den Bergen nicht die Originalität der Laubenstadt. So etwas Spannendes mit den Arkaden hätten sie noch nie gesehen. Vater Peet korrigierte, man solle Ungleiches nicht mit Ungleichem vergleichen. Der ältere Sohn lachte und meinte, diesen Satz müsse er schon ein wenig zerlegen und sich fragen, wie genau er gemeint sei. Vater aber schwieg.

Die Whites fuhren nach Appenzell und kamen am Abend begeistert zurück. Der starke Eindruck dieses schmucken Dorfes hatte sie überrascht. Es sei ein Bijou, resümierten sie. Es liege in einer lieblichen Landschaft mit wellenden Hügeln, die sich am Ende auftürmten in hohe Berge. Diese Fahrt sei ein wunderbarer Abschluss und setze einen lieblichen, auserwählten Punkt der Erinnerungen hinter die Reise.

Sie hatten dutzende Fotos geknipst. Paul hatte ihnen den Dorfkern gezeigt und erklärt, dass auf ihm, die Autos weggeräumt, noch die altehrwürdige Landsgemeinde abgehalten werde. Für die Kanadier schien diese eine Kuriosität, die Paul beim Abendessen noch ausführlich erklären musste. Das hatte zur Folge, dass er beim Nachtessen noch einen staatsbürgerlichen Vortrag über die direkte Demokratie zu halten hatte.

Am letzten Abend vor dem Abschied liess Maria den Tisch zubereiten wie am ersten Tag und mit dem vertrauten Personal. Die Whites sollten das Menü bestimmen und schlugen unisono Zürigeschnetzeltes mit Rösti vor.

Dass Marias Sohn in der Tiefe aufgewühlt war, als er die Schweiz verliess, überraschte nicht. Er verabschiedete sich mit tiefen Atemzügen von seiner Mutter. Er lud sie ein, nach Montreal zu kommen.

Maria verzichtete, die Familie auf dem Flughafen zu begleiten. Sie schenkte den Kanadiern einige Spezialitäten, vor allem hervorragendes Olivenöl und eine Flasche Brunello. Sie bat Peet, den Wein mit seinem Vater zu trinken.

Als die Familie wegfuhr, fiel Maria ein, dass sie den Brief ihres ehemaligen Geliebten und Vaters ihres Sohnes zu lesen vergessen hatte. Er blieb wie verdrängt in der Schatulle, die sie in die Vitrinen, wo schöne Gläser und Krüge, Tassen und Teller aus Porzellan standen, gelegt hatte. Die Schatulle zeugte von der Begabung ihres Sohnes. Er habe ästhetischen Sinn und schlage ihr nach, tröstete sie sich selbst. Während die Familie mit Paul auf dem Flughafen die letzten guten Wünsche und Grüsse austauschte, las sie den Brief:

Liebe Maria,
mehr als vierzig Jahre liegt jene Zeit zurück, in der ich dich innig geliebt habe. Ich fand leider den Mut nicht, dich schwanger nach Montreal mitzunehmen. Ich fürchtete mich vor meinem Vater. Ich war feige. Ich kann es mir nicht verzeihen. Ich bin überzeugt, dass ich mit dir glücklich geworden wäre. Leider habe ich dir viel Leid zugefügt. Du

wirst erleben, welch ein tüchtiger Mann dein Sohn geworden ist. Er hat dein Temperament und deinen Charakter. Ich kann nicht gut machen, was ich gefehlt habe, übrigens zu meinem Schaden. Ich entschuldige mich, sofern du dies annehmen kannst. Dein Sohn ist der stolze Enkel meines Vaters, der inzwischen neunzig geworden ist. Er wuchs unter seinen Fittichen und meiner Mutter, gut gehütet und geliebt, auf. Leider war nicht ich es, der ihn ausserordentlich liebte, sondern es waren meine Eltern – ihnen zum Glück. Als Vater von dem unehelichen Sohn erfuhr, wünschte er, dass ich ihn nach Montreal hole.

Dieser kurze Brief hat nur den einen Zweck, dir zu sagen, dass es mir unendlich leidtut, was ich dir wegen einer gewissen Charakterlosigkeit antat. Vierzig Jahre sind im Nu verflogen. Ich bin froh, dass du nun deinen Sohn wieder umarmen kannst. Er wird dir in den zwei Wochen des Aufenthalts in der Schweiz noch mehr ans Herz wachsen. Das ist das grosse Geschenk unseres Vergehens, das im Grunde nur das meine ist und bleibt. Noch immer verehre ich dich. Ich habe immer wieder gegoogelt und versucht auf deine Spur zu kommen. Von unserem Sohn, dem du geschrieben hast, vernahm ich endlich, dass du eine Della Torre geworden bist und unter diesem Namen eine Weinhandlung führst. So entdeckte ich dein Bild auf deiner Website.

Herzlich und unvergessen

Peet

Der Brief riss alte Wunden wieder auf. Sie waren nicht verheilt und schmerzten noch immer. «Ich muss mit Paul nach Montreal fliegen oder Peet I. bewegen, in die Schweiz zu kommen», war der letzte Gedanke, bevor Paul vom Flughafen zurückkam.

Andreas Iten
7. Januar 2023

Ein Ereignis darf man nicht mit einem Erlebnis verwechseln.

Die Ereignisse, die mir widerfuhren, machten mich stark. Sie veränderten mein Leben grundsätzlich. Dies geschah mir dreimal und brachte mich jeweils ungewollt einen Schritt weiter in meiner Selbstfindung.

Andreas Iten

Prestobello

Roman

Der Bauunternehmer Emil Schnellschön vermittelte Immobilien, besass zahlreiche Häuser und gründete das Zeitmuseum. Sein Enkel Jonas interessierte sich sehr für seine Karriere, die mitten im Leben eine abrupte Wende nahm. Oft besuchte er seinen Grossvater in der Stadtwohnung oder traf ihn im Zeitmuseum. Sein Wissen hat dasjenige von Emil Schnellschön überholt, sodass er ihn in vielen Dingen, vor allem in neuen Techniken, beraten kann. Er versteht, mit Handys und Computern umzugehen. Mit über achtzig Jahren blickt Emil gerne zurück und überlegt sich, was sich im Leben warum ereignet hat.

1. Auflage · HC mit Schutzumschlag · 200 Seiten · 13 x 21 cm · ISBN 978-3-99018-495-0

BUCHER Verlag | Hohenems – Vaduz – München – Zürich | www.bucherverlag.com

Was bedeutet Weltfrömmigkeit für ein gutes Leben und für die Bewahrung der Erde?

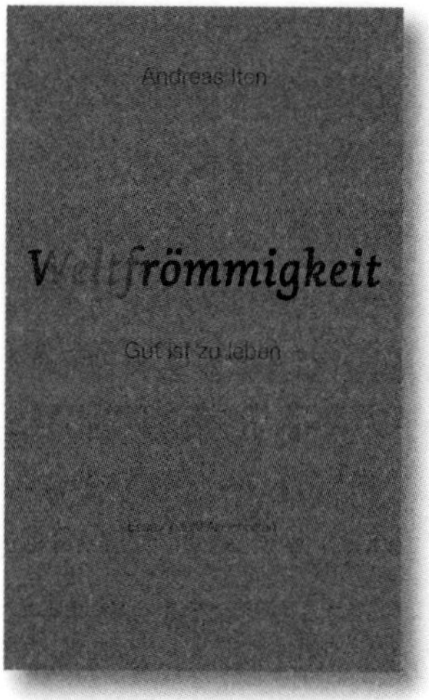

Die fünf Abschnitte des Essays in ihren vielen Facetten sind religionskritisch und gehen vom Gedanken aus, dass Religion dem guten Menschen nicht schadet, einen machtbewussten aber verdirbt.

Andreas Iten

Weltfrömmigkeit

Gut ist zu leben
Essay in fünf Abschnitten

Im Begriff »Weltfrömmigkeit« steckt das eher veraltete und für viele verstaubte Wort »fromm«, was oft als brav verstanden wird. Aber das war die Weltfrömmigkeit nie. Vielmehr beschreibt sie eine nützliche, ehrliche Haltung der Erde gegenüber. Dem weltfrommen Menschen ist bewusst, dass die Erde die Grundlage seines Lebens ist. In der Weltfrömmigkeit ist er offen für das Wunderbare, das Heilige und das Tiefgründige des Irdischen. Weltfrömmigkeit ist ein Denken, das sich auch an der Würde der Erde orientiert. Der hochaktuelle Essay zeigt auf, wie ein sinnvolles Leben möglich ist.

1. Auflage · Softcover-Broschüre · 144 Seiten · 13 x 21 cm · ISBN 978-3-99018-667-1

BUCHER Verlag | Hohenems – Vaduz – München – Zürich | www.bucherverlag.com